부목 칸타빌레

釜木

부목 칸타빌레

발행일	2018년 6월 8일

지은이	박 준 영		
펴낸이	손 형 국		
펴낸곳	(주)북랩		
편집인	선일영	편집	권혁신, 오경진, 최승헌, 최예은
디자인	이현수, 김민하, 한수희, 김윤주, 허지혜	제작	박기성, 황동현, 구성우, 정성배
마케팅	김회란, 박진관		
출판등록	2004. 12. 1(제2012-000051호)		
주소	서울시 금천구 가산디지털 1로 168, 우림라이온스밸리 B동 B113, 114호		
홈페이지	www.book.co.kr		
전화번호	(02)2026-5777	팩스	(02)2026-5747

ISBN	979-11-6299-157-2 03810(종이책) 979-11-6299-158-9 05810(전자책)

자유 낭만 은유를 느낌으로 읽는 시

부목 칸타빌레
釜木

박준영 시집

부목 칸타빌레

釜木

*아름다운 항구에서

*해 돋는 풍광 바라보니

*하늘은 사랑, 바다는 희망인데

*물결 위에 비치는 축복의 땅은

*수려한 경개와 보람의 미래이다.

프롤로그

부목(釜木) 풍광을 칸타빌레로 노래하다

행복의 바다를 알아야 합니다.

해안을 접한 곳에 태어나 농토와 바다에서 몸소 체험하는 삶을 살아 본 사람은 어디에 살더라도 사람 사는 물정을 비교적 잘 알고 있습니다.

운명처럼 바다는 중요합니다.

세계를 향한 리더십으로 우리나라 발전을 이룬 고위직에 해안 지방 출신 인사가 많았으며 영웅 나폴레옹도 지중해 코르시카 섬에서 태어났습니다.

시인은 바다 노래를 부릅니다.

우리나라 섬 3,300여, 유인도 480여 섬 중에 다수가 있는 남해안 여행에서 느낀 역사, 풍경, 생활, 사랑 등의 부산-목포 간 풍광을 아름다운 감성으로 칸타빌레에 맞춰 노래하면서 여러분의 행운을 기원합니다.

2018.6.

박준영

차례

1.아름다운 항구에서

그대와 함께
사랑 노래 부른다

〈부산-창원(마산, 진해)-거제〉

2.해 돋는 풍광 바라보니

그리는 상상들이
해 따라 솟아 오르고

〈고성-통영-사천-하동〉

3.하늘은 사랑 바다는 희망

보물섬 사이 사이로
황금덩이들이 자라고 있네

〈남해〉

4.물결 위에 비치는 축복의 땅은
사랑하는 사람들과
우리들의 희망찬 미래
〈광양-여수-순천-고흥-보성-장흥〉

5.수려한 경개景槪와 보람의 미래이다

다도해의 풍요와

역동적인 우리들 삶이 보인다

〈강진-완도-해남-진도-신안-목포〉

part 1 | 아름다운 항구에서

그대와 함께
사랑 노래 부른다

〈부산-창원(마산, 진해)-거제〉

1- 순수의 사랑

부목 칸타빌레

아직은 이른 봄
순수가 푸른 꿈을 꾸다가
가랑잎 이불 속에서 행복을 안고 일어난다
봄바람이 꽃샘을 다독이면 살며시 고개 들어
홍백청자로 귀염 차리고 오롯이 피어난 노루귀 꽃
청초하고 사랑스러운 몸맨두리
신비가 내려와 씨 뿌리고 간 흔적이다

하늬바람 다가오니 작은 꽃잎이 떨리고
가녀린 꽃대는 스르르 넘어지며
마주한 두 꽃송이는 서로 포근히 감싸 안는다
아리랑을 꿈꾸며 곱게 피운 청춘의 숨결이 인다
설레던 가슴에서 나오는 그 뜨거운 사랑의 온기
아지랑이 되어 하늘에 올라 목화송이 구름 피워서
목마른 대지에 흠뻑 젖도록 비 뿌려라

동산의 하늘에 둥글게 서리는 아름다운 감동
이런 감격의 무지개는 순수가 벗어 놓은 옷이다
순결을 온몸에 두르고 환희의 꽃무늬를 그릴 때
명당의 믿음으로 우리들의 이야기를 속삭인다
아름다운 항구가 보이고 양지바른 여기 이대로가 좋아
노루귀의 보송한 솜털이 한없이 보드랍다.

2- 부목 해로

〈이 책의 주제〉

천릿길 *부목 해로 물결도 잔잔한데
목포행 뱃길에 따라오는 *샛바람
동백 향 품고 와서는 내 얼굴을 비빈다

한 많은 영도다리 들리고 내린 뒤에
원양 어선 떠나가는 수평선 바라보니
지나간 하 세월들이 가물가물 떠오네

통한의 *한려수도 노량 나루에는
*적객(謫客)이 오간 지도 수백 년 지났으니
지금은 관광객들의 노랫소리 흐르는구나

오동도 상록수림 동풍에 춤출 때
고기잡이 만선해 귀항하는 어부들을
여수의 갈매기 떼가 노래 불러 반긴다

울돌목 거센 조류 너희는 보았느냐
여기가 명량 대첩 승고 울린 곳
흐르는 장한 역사를 가슴속에 품는다.

*부목 해로(釜木海路)- 부산 목포 간 바닷길.
*샛바람- 동풍.
*한려수도- 한산도에서 여수까지의 물길.
*적객- 귀양살이하는 사람.

16

3- 섶 자리에 올린 추억

〈모임〉

그대 보고 싶어 여러 날을 마음으로만 꼽고 있다가
어느 날, 거울 보고 갑자기 걸음 떼니 기운 난다
세월 가기 전에
더 늦기 전에
예전 *잘피밭 옆에 놓은 *섶 자리에 물고기 일듯
좋은 날에 우정을 만나러 옛 포구 *분포로 모여든다

단애에 부딪히는 파도 소리가 반긴다
해무와 같이 오는 애잔한 *이기(二妓)의 노래 그리며
손잡고, 오가는 눈길과 대화 속에
우리 만나는 날마다 설레고 즐겁다
거기서 삶의 진미가 숨겨진 맛의 원천을 느끼는데
그것은 사랑이고 삶의 멋이며 인생의 향기도 있었다.

*잘피- 얕은 바다에 자라는 잎이 긴 해초.
*섶 자리- 부산 용호동의 옛 섶 자리 지역.
-섶: 물고기, 김이 잘 자라게 얕은 바다에 대나무 등을 꽂아 놓은 것.
*분포(盆浦)- 소금 그릇 모양 갯마을이란 뜻. 옛날 염전 지역임.
*이기(대)- 두 기생이 왜장을 껴안고 바다에 죽었다는 전설.

4- 만사는 타이밍이다 　　　〈기회 포착〉

이게 뭐잉?
요 귀여운 거 쓰담쓰담
살짝 만져 보니 재빨리 피해 올라가네
좋까 싫까 다시 내려오더니만
올랐다 내렸다 꼬리 치는데 가까이 가 살피니
향내 나는 새우를 끼고 알랑거리는 이상한 것이다

이번엔 맛보기로 툭툭
팔딱!
함부로 나부대다 큰일 날 뻔했네 간 보길 잘했지
어, 이제 한들한들 어깨춤으로 홀리려 하네
엥! 안 속엉
날 속이려 해도 어림없어 바늘이 보이는데

까딱까딱 쉬익 쉭
요걸 걍, 꼬리를 살짝 꾹 물어버려?
휙!
무는 신호 받고 당기나 보다
엉! 맛있다 요것 애송이다
투명 줄 꼬리 달린 새우가 다시 내려온다

발랑발랑 샤악 샥
안 꼬잉!

나비처럼 나풀나풀 휙 휙
방정맞게 구는 요걸?
이번엔 등을 살짝 찍!
오잉! 맛 좋은 거
휙!
먹고 난 뒤에 당기는 건 아니지

화가 난 듯 식식대며 다시 내려온다
이번엔 크네
큰 움직임 없이 하늘거리는데 빛깔 곱고 날씬하다
스텝과 움직임이 다른, 고수의 엉덩춤이다
파도가 연주하는 소나타 곡에 맞춰 스윙 퀵 퀵!
천천히 앙증스레 너불대며 유혹한다
환장하겠네 이걸 어떻게? 그냥 놔둘 순 없지

이번엔 안 떼인다 네 입질과 동시에 당길 거다
살래살래 흔드는 엉덩이를 살짝 무는 느낌 받고
샥! 두 번째 손맛 오기 전에 낚싯줄을 힘껏 당긴다
투르럭! 투르럭!
물고 당기기는 동시, 타이밍이 맞아야 하니
이를 잘 예측하는 것이 기술이며 진정 고수다
만사는 타이밍 때가 중요하다.

5- 임

봄 오는 소리를 듣고 싶거든
나무 한 그루 심어 보면 된다
곧 뿌리 내려 사랑이 싹트고
그 사랑을 꽃으로 보고 있다면
당신은 이미 그의 임이 된 것이다
그 꽃이 봄노래를 불러 줄 테니까

좋은 뭔가를 이루고 싶다면
먼저 환한 웃음을 건네주어라
그 웃음 버들가지가 받더라도
피리 불어 나비춤을 볼 수 있을 테니
그대는 날아가는 기분을 느낄 것이다
어쩜, 좋은 분을 만날 수 있을지도 몰라.

6- 청춘 회고

나무야 나무야 너는 참 좋겠구나
해마다 봄이 되면 네 청춘이 돌아오는데
꽃 피던 이내 청춘은 언제 다시 오려나

나무들 심심할까 새들도 찾아와서
옛 노래 불러주는 광경을 바라보니
다시는 돌아오잖을 내 청춘이 그립다.

7- 자유 <용기 있는 행동을 위하여>

해저의 무법자 상어 떼 피해
동그란 투구 쓰고 전선 같은 바다 밀림 지나
원통 안으로 숨어든 문어 한 쌍은 어떤 심정일까
힘 모아 대항도 못 하는 허약한 처지가 정말 가련타
그러나, 이제 한숨 돌렸으니
시 한 수 주고받다가 시들하거든
여덟 다리 뻗어 천장이 울리도록 북치고
꾸물꾸물 부둥켜안고서 춤을 춰도 좋겠구나

단추 발 오물거리며 춤 노래 한바탕하다 보니
비분을 떨치고 새로운 세상을 알게 되었을 것
신체 자유와 함께 말하고 생각하는 자유를
귀여운 제 새끼 키울 수 있는 행복을
더불어 그리하기에는 안전이 있어야 한다는 것을

지나가던 *쑤기미가 침입하려고 독 가시 등지느러미 바짝 세
워 노려보지만 잘 안 되겠지
황색 단지 안에 자리잡고 있어 어쩔 수 없이 포기하고 지나가
는데 사랑의 노랫소리가 들리네
동그란 창에서 듀엣으로 흘러나온 *환희의 송가는 안도의 감
격 같아라

노래 듣고 되돌아온 새까만 그놈이 문을 쪼는데

아름다운 노래를 끝내면서 먹물을 뿜어 쫓아 버린 건

비겁으로 얼룩진 지난날의 굴욕을 벗고

정의를 위해 오욕을 씻으려는 용기로 행한 일이라

약자들이 만든 굴종을 감히 되갚은 의미 있는 반항이고 승

리로다

좁지만 편안한 여기가 더없이 좋아

독종들을 피할 수 있는 이곳에서 안전을 찾았으니

아! 여기 내 집이 좋네 용궁보다 좋다

죽어도 좋아

자유가 좋다

머지않아 끌어올리어 잡힐 신세도 모르고

안락을 원하는 문어가 애처롭지만 그저 행복해 보여

둘은 손잡고 나와 산호 보러 제주도 여행 가나?

다행이네요.

*쑤기미- 등지느러미 가시에 독이 있는 바닷물고기. 이것에 쏘이면
말벌에 쏘인 것보다 더 심한 통증이 온다.
*환희의 송가- 베토벤 교향곡 9번 4악장, 독 프리드리히 실러의 시,
인류의 우애를 찬양하는 내용.

8- 우정의 파도

<전국 동기회를 마치고>

그 뜨거웠던
해운대의 밤이 지나고 헤어진 뒤
우정은 어디 가고 찬바람만 불어오나
허, 섭섭하니 한두 사람이라도 붙들어
못 다 마신 와인으로 잔정을 데워 보자

붉으락푸르락
익어가는 우리 얼굴
두 볼에 우물 파서 미소를 담는구나
밀려오는 운치와 함께 담고 담으니
넘쳐흐르는 것은 따스한 인정이다

도란도란 재잘대다
파안대소 터뜨리며 즐겁다
동기가 어제 찍은 사진을 카페에 올리누나
특종 얻은 *지기가 *대문 앞에 다시 붙이는데
귀경 중인 서울 친구는 댓글을 단다

여운이 동백섬 허리를 휘돌아 감으니
얼굴도 마음도 더 뜨겁게 타오른다
아! 가슴 타는 정열의 파동을 어떻게 할까
가는 파도 잡고 싶지만 또 온다니 편하게 보내자.

*지기- 인터넷 카페지기:카페 관리자.
*대문- 인터넷 카페 첫 화면의 윗부분.

9- 아! 충렬공

<직무 충실이 애국>

임진년 사월 열 나흘 평화롭고 조용한 이 땅에
왜병들이 부산진으로 쳐들어온 건 침략 전쟁인데
봄꽃은 평화롭게 잘 피었으나
갈라진 당파로 부족했던 방비는 수치였고
갈 바를 몰라 했었던 민중들은 분노했었다

이튿날 동래부로 기어든 왜군의 되잖은 억지에
싸워 죽기는 쉬우나 길을 빌려주기는 더 어렵다며
동래대도호부사 *송상현 공이 이만 적병을 막는다
죽음을 무릅쓴 군사와 백성의 항전은 충성이요
기왓장을 떼어 던진 부녀자들의 저항은 애국이었다
그러나 *중과부적인지라 읍 거리는 의혈로 물들었으니 그 충
절은 청사에 빛날 것이다

임금 섬김은 충이요 적과 맞싸운 공은 열이라
충렬공 시호는 공직자와 더불어 만인의 표상이다
직무는 양심으로 책임엔 정성을 다해야 할 우리
공의 애국정신을 모름지기 귀감으로 받들리라.

*송상현- 1591년 동래대도호부사(정3품)로 부임, 〈1592. 4.15 (음)에 왜
  군의 동래 침략 시 끝까지 항전 순직, 충렬공 시호가 내려짐〉.
- 작위는 통정대부(通政大夫)-조선 문관 정삼품 당상관의 품계.
※시골 마을 산소 비석에 '通政大夫'를 많이 볼 수 있는데, 이는 고령자
  에게 주는 노직 품계임. 실제 벼슬 역임자가 아님.
*중과부적(衆寡不敵)- 적은 수효로 많은 수효에 맞서지 못함.

10- 오류도

간조 때 다섯 섬 만조가 되어 가면
육지 쪽 **우**삭도가 **방**패섬 **솔**섬 되어
여섯 섬 보여지므로 오류도라 하였네

수리섬 봉우리를 맴도는 수리 한 쌍
물떼새 노려보며 날개 펴 떠 있다가
어로선 지나갈 적엔 반겨 날아 돌아라

송곳섬 멀리서 보면 커다란 화살촉
지나온 십이 만 년 풍파에 깎이어서
부산을 지키려 하는 상징물이 됐구나

굴섬에 굴이 있어 물새들 쉼터이고
섬 물가엔 전복 끓고 물고기 유영하니
페리호 고동 소리에 고기 뛰고 새 날도다

등대섬 지나가는 오대양 외항선을
오늘도 뒤따르며 뱅뱅 돌아 환송하는
다정한 갈매기들아 노래 크게 불러라.

11- 눈물이 부른 노래 〈만남의 인연을 위하여〉

색동옷 입고 봄바람 맞이하는 제비꽃
달려오는 약동의 숨소리에 맞춰 나풀거리고
붉은 꽃은 점점 보랏빛 되어 꿈속으로 들어간다
꽃잠을 재울 듯 따스한 봄기운이
어여쁜 꽃 허리 안고 감돌아들 때
옷고름 풀어지듯 꽃잎 하나 바람에 나부끼면
감동에서 솟은 환희의 눈물은 사랑 노래를 부른다

'아직도 찬바람이 불고 있어요
푸릇한 춘색이 더 가까이 다가와서
가녀린 내 목덜미가 떨리지 않게
흔들리는 가슴을 살근살근 안아 주면은
봄볕에 포근히 품겨 난 감흥의 희열과 같이
꿈나라 향해 하늘 높이 올라 별을 만날 거에요'

감격한 별들의 눈물방울이 시냇가 언덕에 내려
살그미 어울려 희비를 딛고 오색 꽃으로 피어났다
달이 알고 빛을 주고 바람도 머리 쓰다듬어 주는데
냇버들 개지가 봉긋이 솟으며 반겨 미소 짓는다

애틋한 만남의 인연으로 난 제비꽃잎에 맺힌 이슬
그 간절하고 아름다운 눈물은 감사의 노래를 부른다.

12- 무학을 보고 싶다 <추억의 마산>

하늘로 날아 올라
*무학산(舞鶴山) 정상을 맴돌아 봤으면 어떨까
여기, 살아 숨쉬는
진해만 풍광과 역동적 삶을 글로도 쓰고 싶다

'산 아래엔 푸른 나무 빽빽한데
그 사이로 흐르는 바람이 좋아
학처럼 날면서 춤도 추고 싶다'

멀리 서북엔 *백두대간을 타고 흘러온 *두류산
그 지리산은 학을 그리워했나
다시 동남방으로 정기 뻗어 *낙남정맥 이뤄 마산까지
날쌘 말이 아니라도 누가 달려와서 춤췄으면 좋겠다
여기, 무학산 포근한 산자락 *서마지기 위에 서서
산새들 화음에 맞춰
춤추는 고고한 학을 그려 보고 싶다

호수같이 잔잔한 창원 앞바다
무학이 맴돌았던 거기 돝섬 소망의 길 걸으며
미래를 꿈꾸던 그 옛날이 그립구나
지금도 갈매기 날고 있을까?
낚싯배 타고 배질하여 노래미도 잡고 싶다
꿈에 그리던 그곳에 가서 무학을 보고 싶다.

30

*무학산- 창원시 마산에 있는 산.

*백두대간(白頭大幹)- 백두산에서 금강산, 설악산, 태백산, 소백산을 거쳐 지리산으로 이어진 큰 산줄기.

*두류산(頭流山)- 지리산을 백두산에서 흘러내려 왔다고 두류산이라 고도 부름. 지리산(智異山)은 어리석은 사람이 머물면 지혜로운 사람 된다고 해서 붙인 이름.

*낙남정맥(洛南正脈)- 낙동강 남쪽 산맥(지리산 영신봉~김해 분성산).

*서마지기- 무학산 중턱에 3마지기(6백 평) 정도 되는 터.

13- 그 느낌이 사랑이었나 <귀하신 세 분>

열두 살 어릴 적 어느 날에
꿈속에 나타나신 우리 선생님
검은색 비로드 치마저고리 입으시고
웃으며 다가와서 나를 안아 주셨다
그 보드라운 촉감이 아직도 잊히지 않으니
소중한 그 느낌이 사랑이었나.

열여덟 살 되던 해 겨울
동창회 모임에서 만난 순이는
졸업 후 육 년 지나 어여쁜 숙녀 되어
수줍은 듯 웃으면서 반겨 주었다
그 아름다운 미소가 아직도 그리운데
싱그러운 그 느낌이 사랑이었나?

신록이 돋고 꽃피는 시절
처음으로 만나던 날 그대는
빨간 한복 차려입고 꽃댕기 드리고서
*녹빈홍안(綠鬢紅顔)의 모습으로 그네를 뛰었다
그 단아한 자태를 한평생 지녀 왔는데
아직도 설레는 그 느낌이 사랑이었나!

*녹빈홍안- 까맣고 윤기 있는 머리와 발그스름한 얼굴.

14- 꽃비 내리는 진해항 〈행운을 기원하며〉

단심이 저녁놀 비치는 진해만에 들고
*제황산 그대 기개, 달빛 함께 어리면
생각난다 우리 임 씩씩한 마도로스
미워했던 마음도 정으로 되돌릴 수 있었으니
둘이서 다정하게 봄바람이 뿌려 놓은 꽃길을 거닐었지
바다에서 품고 온 호연한 기상을 가슴에 안고
아름다운 미래를 꿈꾸었다

사월의 진해항에 하얀 벚꽃 흩날리면
이별은 어쩔 수 없이 눈물을 보아야 했고
사랑하는 날이 흐를수록 늘어 가는 우리의 진정
뭉클한 감흥을 마음속 깊이 풀어 놓고 떠나야 한다
그렇게 좋았던 느낌이 *스크루 물결같이 휘돌아 울렁대는데
저도 섬 지날 즈음 행운을 빌었더니
외로운 내 맘에는 행복의 꽃비가 내린다.

*제황산- 진해시 복판에 있는 공원 산(107m).
*스크루- 선미 아래에 장치된 추진용 회전 날개.

15- 파도여 잠들어라

창파여!
쉬어라 파도여
대양서 밀려오는 하얀 파도
소리 내어 찰싹이지 말고
조용히 잠들거라
사르르 샤아 스르르

사랑하는 우리 임
그대여 보아라
밀려오는 파도를 보렴
은모래 알을 어루만지다
잠들었나 보다
사르르 샤아 스르르

파도치는 해변의 밤에
팔베개하고 누워
별빛 받아 반짝이는 파도와 함께
사랑 노래 부르면
파도는 잠들고 그대도 잠든다
사르르 샤아 스르르.

34

16- 경험적 의식　　　〈경로인의 의식 현실〉

중간에 들려면 가만히 있는 게 낫다고 했는데
왜 이러실까
오줄 없다고 나무라시는 건 좋은데 호통은 글쎄
그래도 좋다고 웃으며 버둥질치는 우리 아기
*애기가 하면 짓짓이 이쁘고
노친네가 하는 짓짓은 미운 짓일 뿐이다

세상 달라진다는 걸 알면서도 바뀌지 않는 건
한이 아니라 골수에 사무친 *경험적 의식이겠지요
그때의 수많은 사연이 짙게 물든 머리에는
여기 서 있는 것이 그 덕이라 여기는 착각이 있고
갈등을 부추기는 세력에
쉽게 넘어가는 혼미의 연륜이 안타까울 뿐이다
젊은이들의 말이 아니라고 생각하신다면
정녕코 자녀들의 말이라도 들을 수 없단 말입니까?

*애기- 아기의 비표준어.
*경험적 의식- 〈철학〉시간과 공간의 제약 속에서 경험과 함께 진행
되는 의식의 흐름.

17- 거가대교에 부는 바람 <거제도 여행>

바람과 파도가 꿈꾸어 낳은 아름다운 섬
첨단을 넘어 미래가 보이는 곳
집게다리 곧추세운 *빤장게의 급 모선에 놀라면 안 돼
식겁을 넘기고 변화로 마음 추스러
과학과 예술이 같이 산다는 섬으로 간다
널따란 청라에 수놓은 자연 그림 보면서
허전한 가슴 채울 바람을 보러 간다

핸들을 안 잡은 자율 주행이 이런 걸까 반눈 감고 꿈꾸며 바
람 향해 직진하여 거제도로 간다 *침매 터널 위로 상어 떼가
보이는 것 같더니 중죽도, 저도 섬의 육상 터널을 지날 때 퍼
덕거리는 방어들의 집단 군무를 머리에 그리며 눈을 뜬다

상상을 멈춰 숨을 가다듬고 앞을 볼 때
*사장교 둘을 막 지난 여기가 번영의 상징 거가대교
이 거창한 대역사는 바람과 같이 사는 거제인의 긍지래
살짝 열린 차창 사이로 시원한 앞바람이 쏴아 불어
꽃내음 풍기는 임의 긴 머리카락이 귀밑을 간질이네
아! 동백꽃보다 더 진하고 부드러운 이 감촉은
한 아름 포근한 우리 임의 숨결이었다.

36

*빤장게- 민꽃게의 방언.
*침매 터널- 육상 제작 구조물을 해저 매립 연결로 만든 터널.
*사장교- 양쪽에 세운 버팀 기둥 위에서 비스듬히 늘어뜨린 케이블로
지탱하는 구조의 다리.

18- 건화정의

창해를 달려라 파도를 넘어라
꿈에 그리던 상상 세계 보러 가는데
달려도 넘어도 끝이 없구나
그리던 청춘 *헤베를 따라
가슴 설레며 간다 사람 사는 세상으로

바다와 하늘 땅이 웃어 반기는
바르디 바른 세상 *유토피아로 간다
거기는 건강한 사람들이
화목하게 살아가며 정의롭게 행하는
아름다운 곳이면 좋겠다

갈매기 울어라 등댓불 밝혀라
북풍한설 몰아쳐도 가야만 하는 인생길
비 오면 쉬어 가고 병들면 업혀 가야 하는 길
험난한 인생 항로 이 생명 다하는 그날까지
인내를 벗 삼아 모두 함께 손잡고 가야 한다

세찬 풍파 헤치고 단련하여
어려운 이웃도 생각하며 바르게 살아
건강하고 화목하며 정의롭게
너 있고 나 있는 더불어 살아가는 인생살이
작은 보람을 위해서라도 신실한 언행이면 더 좋겠다

*건화정의(健和正義)!
이것이 가치이고 목표며 최선이다.

*헤베- 젊음 청춘의 여신.
*유토피아- 이상으로 그리는 가장 완벽하고 평화로운 사회.
*건화정의- 건강, 화목, 정의.

19- 알을 품은 대구

<분수를 알고서>

우흡 우흡!
귀태의 큰 입 턱과 양쪽에 넓적이 수염 두 개는 그가 자랑하
는 본새였어 주둥이에 한 개 달린 부귀 수염은 타고난 복록
이라고 자랑하는 대구가 함포고복(含哺鼓腹)하며 나선다
은회색 바지저고리에 비늘 도포 걸치고 폼 잡아 멋 부릴 수
있는 데는 민물 *갱물이 만나는 낙동강 하류 옆 오목한 데가
좋대 너울거리는 파도 타며 임을 만나 손잡아 볼 수 있는 *꽹
이 바다가

핥아 핥아!
섣달 한파 몰려와 난파도 치는 바다가 좋아
단아한 자태를 맘속에 그리며 뜬 거만진 대구
아귀가 나타나서 묻는다
큰 입아 어디 가나?
그 참한 임자 만나러
지금 없을 걸 곧 남양서 올라오면 만날 수 있을 거야

오!
입 작은 어여쁜 병어
회귀와 만남의 인연같이
물결과 파도를 두른 청회색 치마저고리 입고
봄나들이 가는 첫걸음 길목에서

아귀가 다가서며
애야 대구한테 시집 안 갈래?
작은 입 삐죽이며 아니란다
왜?
입이 커서

휘우 휘우!
은비늘 지느러미 세우고 힘차게 나아가는 대어, 동그란 눈에
총명이 빛나, 흔들대는 큰 꼬리엔 용맹이 보여, 수많은 물고기
떼 이끌고 가니 마치 용왕 행차 같군 큰 눈 부릅뜨고 등 가
시 흔들기만 해도 메기가 다가오다 슬금슬금 뒤꽁무니 빼네
병어는 멀리서 다소곳이 바라만 보고 있다

뷔아 뷔아!
진로를 바꿔 이쪽으로 오는 대어 감성돔
아름다운 그대여!
꼬리 흔들며 살며시 다가서는 병어
귀여운 몸짓으로 다정히 손잡을 때
대구는 큰 입 벌리고 윗물만 쳐다보다가
마음을 고쳐먹고 새 짝 찾아 나선다

푸우 푸우!

내쉬는 큰 숨에 뭔가 있을 것 같은데 유감은 없는 거 같아 믿
음직스러워 지난날을 되돌아보고 뉘우쳐야지 모두 같이 어
울리고 힘 모아 도와야 해 그러기 위해 알을 품은 대구

마음을 비우고 많은 식구 거느리게 되었다

사랑으로 돌보고 돕는 일도 가르쳐

수온이 높아지기 전에

대식구 거느리고 당당히 북양으로 향한다.

*갱물- 바닷물의 방언.
*괭이바다- 고양이 울음소리를 내는 바람이 이름 지어 줬다는 창원~
거제 사이 물결이 센 바다.

20- 옥포대첩 〈옥포,합포,적진포 해전〉

약탈을 머리에 쓰고 부리는 야욕은 들쥐들을 보냈다
속을 감추고 조총으로 허세 떨치며 육지로 기어올랐고
그들의 허욕은 얼빠진 꼴로 북진하여 대륙을 향했다
뒤이어 독 복쟁이 떼들이 남해 바다로 몰려들어 온다
임진왜란이다

*백척간두(百尺竿頭)에서 경상우수사 요청은 절박이었고 이순신
장군 전단 출동은 결연한 의지였다
여수에서 통영에 이르러 전열을 가다듬은 것은 합세이고
옥포 앞바다로 출격하여 왜군을 무찌른 것은 격퇴
이것이 이순신 장군 최초 승리 옥포 해전이다

그날 오후 창원 합포만에서, 다음날 통영 광도 적진포에서 크
게 승리한 것이 합포 해전이요 적진포 해전이다
옥포, 합포, 적진포에서 이틀간 세 차례 전쟁으로 사십일 척의
왜선을 격침한 승전은 민족의 자랑이었으니
전사에 길이 빛날 옥포대첩이다

지금 거제 앞바다에는 옥포대첩 후예들이 건조한 세계 최대 선
박이 대해로 나아간다 야욕을 물리치고 야망이 건조되는 대망
의 옥포만에 더 큰 번영이 올 것이다.

*백척간두- 백 자 되는 높은 장대에 올라섰다는 뜻, 위태로운 지경.

part 2 | 해 돋는 풍광
바라보니

그리는 상상들이
해 따라 솟아오르고

〈고성-통영-사천-하동〉

21- *선망(旋網) 안의 봄 　　　　〈대형 어선〉

어탐기에서
별들의 군무를 확인하고는
크게 짠 그물 모양을 머리에 떠올린다
싱싱한 것은 푸름이고
기운차게 솟는 것은 봄이므로
파닥거리는 것은 청춘이겠다

주등선이 불을 밝힐 때
푸름과 원색의 기운이 어우러진
고등어 떼의 군무는 희망을 향한 도약인가
투망하여 어군을 둘러싸면 봄기운이 휘돌아 일고
고삐를 매고 죔줄을 당기면
묵직한 정도로 보아 보람이 들었음을 짐작하겠다

수많은 생명이 나부대고
끝없는 생각이 넘치는 그물 안은
어디에도 비견할 수 없는 짜릿한 봄이 우글거린다
젊음의 점프와 환희의 스핀이 있고
미소하는 어부의 눈은
발롱발롱 피어나는 꽃망울이었겠다.

*선망- 그물을 수직으로 둘러쳐 물고기를 가두어 잡는 그물.

22- 구만리 고성 당항포 〈고성의 과거와 오늘〉

비밀은 아득한 옛날 일억 오천만 년 전에는 없었다
한반도 *구만리 남쪽 해안에 가면 탐정이 아니라도 캐낼 수
있다
따뜻한 바람이 불어와 말해 주고 돌이 알려 준다
창조 생명들이 평화롭게 살았을 것이고
꿈꾸는 산야와 노래하는 해안이 같이 살아가는 곳이라고
너럭바위는 태고의 신비 거구 공룡이 여기 고성 땅에 살았음
을 안다며 뽐내고 있다

조선 시대 천오백구십이 년에는 비밀이 있었다
진해만 서쪽 당항만에 쳐들어온 왜적은 작전 비밀을 몰랐다
이순신 장군은 완전 승리를 위해
적선 한 척만 남겨두고 분멸(焚滅) 시킨 뒤 매복한다
다음날에 도망쳤던 적군 백여 명이 남겨진 배를 타고 포구로
빠져나올 때 이를 요격(邀擊) 수장했으니
거북선 앞세우고
전라 경상 연합 수군의 전략으로 승리한 당항포 대첩이다

오늘날
생명의 진화를 알리고자 한 공룡엑스포
충무공의 용맹을 기리는 당항포 해전 축제
이런 고성인의 정신은 *고성농요의 가락에 담겨 있고

*고성오광대 탈춤 한마당 속에서 그 민심을 볼 수 있다
진주, 창원, 사천, 통영, 거제와 맞닿은 구만리
그 중심에서 신비의 땅 고성은 남안 번영의 터전이 되리라.

*구만리- 까마득하게 멀리 있음. 경남 고성군 구만면.
*고성농요- 보리 타작, 삼삼기, 물레질, 모내기, 논매기하는 노래.
*오광대- 문둥이, 양반, 광대, 말뚝이, 초랭이 등이 벌이는 탈춤.

23- 그리운 릐아

〈못 잊어〉

다정한 한마디에 진실을 알았었고
*고담한 심정으로 신의를 주었는데
*터수로 멀어져 간 가련한 그 사람을
오늘도 못 잊어서 애타게 불러 본다
내 손을 잡아 주오 그리운 나의 *릐아

따스한 인정에서 마음을 읽었었고
애틋한 그 정성을 가슴에 품었는데
운명이 아닐진대 이렇게 못 헤어져
날마다 불러 본다 추억의 *세레나데
제발 좀 소식 다오 내 사랑 나의 릐아.

*고담하다- 예스럽고 속되지 않으며 담담하다.
*터수- 살림의 형편이나 정도.
*릐아- 소설 『화전별곡100』(박준영 저)에 나오는 인물.
*세레나데- 밤에 연인의 집 창가에서 부르거나 연주하던 노래.

24- 비진도 연가

<비진도 추억>

그 사람이 꿈에서 사라지는 날이 오는 게 두렵다
*통영(統營)만 하지 말고 밤마다 그리워하며 *사량(思量)하라지
만 눈감아 만나도 손잡을 수 없으니 안타까워 그대의 잔상이
서려 있는 *비진도로 가고 싶다
말도 못 하고 내색도 못 하는 만남의 첫 인연이라
그 애잔한 생별만 탓하며 서 있는 내가 정말 어리석다
높하늬바람이라도 불어 준다면
내 본뜻을 속 시원히 날려 보내 전하고 싶다

꿈길의 흔적이라도 어루더듬으려니 가슴 울렁댄다
섬마을 그 추억을 그리며 나를 생각하고 있을까?
젊은 시절 설레던 그 느낌을 노래 불러 보지만 왠지 안절부
절못하고 가누지를 못한다
머리는 몽돌이고 가슴은 백사장인 것이 희한하게도 비진도
를 닮았다
솔바람 가는 길에 순정을 먼저 보내고
그 진정을 보려 마음이라도 하늘에 띄워 찾아갈 것이다

*통영(統營)- 통제하면서 경영함. 경남 통영시.
*사량(思量)- 생각하여 헤아림. 통영시 사량도(蛇梁島).
*비진도- 통영시 한산면 섬. 사주(沙洲)가 있어 휴양지로 유명.
-사주: 해안 근처에 모래와 자갈이 길게 퇴적된 지형.

25- 비움

강물이 억수 따라 내리흐른 바다
철렁대는 황토물에 홍수 쓰레기 범벅이다
여기에 곱게 자란듯한 노란 귀염둥이가
하구 아래 섬의 바닷가에까지 동동 떠내려온다
세찬 탁류에 휘둘려 깨지지도 가라앉지도 않으면서
먼 길을 여러 조각과 함께 왔을 것이니 기특하다

심술 주머니라면 떨어져 파묻혔을 것이나
다치지도 않고 살아서 여기까지 왔으니 대견스럽다
향기 품은 고운 차림으로
아름다운 꿈을 머금은 채 이웃과 잘 어울리며
헛된 욕심을 버리고 살아왔기 때문에
가벼이 떠밀려 살아온 것이 아닌가

보물섬 갓바다에 떠밀려 온 참외를 건지는 섬 처녀
고운 손으로 집어 치맛자락에 닦고는 가슴에 품는다
곧 생기가 돋는데 처녀의 얼굴과 닮았다
꿀 주고 수분 받아 곱게 자란 노란 복덩이는
생사의 갈림길에서
행운으로 살아날 수 있었으니 보기 좋다

그는 반듯한 자세로 벌 나비들과 어울려 곱게 자라며
분수를 지켜 속을 비우고 꿈을 키워왔기에

물에 가라앉지 않고 섬에까지 와서
아름다운 귀인의 품에 안겼다
인심 좋은 바닷가 마을에 다시 태어나면
따뜻한 세상에서
소박한 꿈을 이루며 행복하게 살아갈 수 있겠다.

26- 무지개 뜨는 통영

<그리운 통영>

미륵산 봉우리에
높이 뜬 무지개는
밝아 오는 항구에 희망을 비추는구나
청년이 고기 잡아 만선하여 왔으니
여기도 비추어서 참사랑을 이뤄 줘

한산도 연근해서
빛나는 무지개는
바닷속 조개들의 눈물 방울 아니던가
삼 년 인고 다하여 진주 알을 낳으니
아가씨 목걸이도 아름답게 비춰라

통영의 나전칠기
영롱한 무지개는
새색시 눈동자에 예쁘게 피었구나
수복강녕 감입한 장인의 솜씨이니
안방을 장식하는 최고 명품 되었다.

27- 알고파라 욕지도 　〈다시 가 보고 싶은 곳〉

쌀 서 말 못 먹고서 시집간 옛사랑
그 사연 알고 싶어 *욕지도에 왔다네
고향 떠나온 나그네 풋사랑은 아니었는데
추억의 *자부포에 그 사람 없어
무심한 갈매기야 그 옛날의 우리 순이 보거든
내 여기 온 욕망을 전해 주려무나

*옥섬을 뒤돌아보며 이별했던 첫사랑
임 소식 알고 싶어 욕지도에 왔어라
오가는 마음속에 키워 왔던 순정인데
꿈에 그리던 *옥동에는 그 사람 없어
통영 가는 쾌속선아 내 좋아한 그분 보거든
내 욕망 이루게 실어 와 주려무나.

*욕지도- 통영항에서 25km 거리 섬. 급경사 산이 많아 논보다 밭이
많고 고구마가 많이 난다. 어업이 성하다.
*자부포·옥섬·옥동- 욕지도에 있는 포구 마을, 무인도.

28- 더 좋은 날 오기를 <신중한 선택을>

모선(母船) 앞에 펼친 춤 자리는 무대 같고
멸치 떼 몰아온 종선(從船)의 불은 유혹 아닌가?
우아한 곡선을 예쁘게 그리며 한창 신날 즈음
그물이 서서히 들어올려질 때
은빛 보물들이 파닥거린다

휘리릭 쑥쑥 휙휙!
이리저리 날쌔게 헤기도 하고 솟구쳐 뛰기도 하는구나
아무리 나부대도 나갈 수 없네
달구경 가자던 친구 버리고 불 따라가더니
어부가 쳐 놓은 *들망에 걸렸어
스무사흘 *조금날에 반달이라 외면하고
믿을 수 없는 휘황 불 따라나선 네가 *애엔타

자정쯤에 떠오른 하현달 빛이
밤바다를 어스레히 비치는데
친구 따라갔더라면
치렁치렁한 미역 숲에서 꼴뚜기 만나 노래 부르고
동산 위의 달 보며 춤추었을 텐데

파드닥 푸푸 픽픽!
아! 그물에 갇힌 신세여
몸은 차츰 빛을 잃어 가고 그물서 빠지려 몸부림쳐도

56

기운이 부쳐서 눈물만 흘리네
힘이 빠지자 잘못 간 길을 후회하며 달을 쳐다보지만
한밤중 지는 달이 안쓰럽게 내려보고 옆 양식장 가리비도 가
여워하며 눈물짓고 있네요
줄을 당길 무렵 살아나려고 용쓰는 모습이 가련하구나

퍼드덕 으으 흑흑!
무리 지어 유영하며 전쟁이 피해 윗물에서 놀았지만
잠시, 허욕 부리다 유혹되어 갇힌 신세 되었으니
한 그물에 싸인 고기
어쩔 수 없이 위로 올라가야만 돼
이제는 반달도 멸치도 같이 넘어가지만
달이 다시 커지듯 멸치는 새로 태어날 것이다
눈물을 닦아라 더 좋은 날 오기를 빌 뿐이다
행운을 위하여 다음에는 더 좋은 사이로 만나거라.

*들망- 바다 밑바닥, 물속에 그물을 펼쳐 두고, 미끼, 불빛으로 물고
기를 그 위로 유인해, 한꺼번에 들어서 잡는 그물.
*조금날- 조수(潮水)가 가장 낮은 때. 매월 음력 8일과 23일.
*애엔타- 애처롭다의 방언.

29- 한산도대첩 <작전 승리>

*한껍에 전진해 이기고 지는 것은 사기에 달린 것
수군의 애국심은 옥포, 당항포 해전에서 솟구쳤었고
거북선 앞세워 사천, 통영 당포 해전에서도 승리한다
왜군은 허우적거리다가 지리멸렬되어 달아났다

*산소리하는 병사와 수장의 뛰어난 전술이 있었다
거제 견내량에 모여든 왜선들을 한산도 앞까지 유인하고서
곧바로 전함을 돌려 일제히 적을 총공격한다
적선 사십칠 척 침몰, 십이 척 나포, 구천 명 격퇴

도원수 이순신 장군의 슬기로 이룬 최대 승전이다
군함은 세계적 발명품 거북선과 판옥선이고
주무기는 *현자총통과 승자총통
반원형 선단 배치로 적을 감싸는 학익진 작전
복병을 두어 도망병을 친 신묘한 작전의 승리였다.

*한껍에- 한꺼번에.

*산소리하다- 어려운 가운데에서도 남에게 굽히거나 기죽지 않으려
고 큰소리치다.

*현자총통(玄字銃筒)- 조선 시대, 유통식(有筒式·불씨를 손으로 점화 발
사) 화포(火砲). 크기에 따라 천자문의 순서대로 이름을 붙인 것.〈천
자-지자-현자-황자-승자 총통 등〉.

30- 아름다운 스토리 〈SNS 소통〉

스토리는 돋보기다 정성 희비 느낌 표리 다 보인다
이렇게 안타까운 사연 있을 줄이야
그저 바라보기만 한 사랑이라
마음속 깊이 고이 접어 둔 추억은 잊어야겠다
슬픔을 비우자며 눈감을 그대 상상하며
카스에 힘내요 스티콘을 달면서 심정을 달래 본다

떨어지는 꽃잎은 욕심이 없고
세월이 흘러가면 약이 되는데
먼 훗날에 되돌아볼 아름다운 추억을 위해
열심히 일하자며 마음 다지는 그대
아름다운 스토리 보기 좋구나

어떤 일을 당해도 그것 때문에 괴로워하거나 고민하지 마라
단지 아는 것 하나 더 늘었다고 생각하란다
웃을 여유 있는 자는 행복한 사람
오늘도 좋은 하루 웃으며 보내고 싶어요

이런 여러 친구들의 스토리를 보고
해당화 꽃 피는 여름의 길목에서
나는 다도해 풍광 이야기를 블로그, 페이스북에 올린다.

31- 삼천포 사람 〈사천, 항공 수산 도시〉

임을 찾아 멀리 왔나 개경에서 삼천리
진주*목 산물을 중앙으로 운송하던 해로 삼천리
지금은 하늘과 바다로 웅비하나니
세계로 미래로 나아가는 희망의 도시
사천 *삼천포 사람은 대망으로 날며 전진하고 있다

삼천리 품에서 인심 넘치는 남안 중심 항
굴 피고 바지락 길어 갈매기 날아들 때
용감한 청년들이 바다로 나가면
쥐치포 뜨던 새색시는 낭군을 기다린다
서로 위하며 사랑하는 삼천포 사람이 좋다

삼천포 아가씨가 노래한다
어린 나 울려 놓고 떠나간 사람
부산으로 갔을까 목포에 갔을까
오실 날 기다리며 노산에 올라
다시 만날 그날을 그리며 사랑 노래 부른다.

*목- 고려, 조선 시대 지방 행정 단위. 고려 때 12목, 8목. 경상도에는
진주, 상주, 성주 3곳. 조선엔 20여 개 목(정3품 목사와 종6품 교수를 파견).
*삼천포- 삼천포시가 1995년 사천군과 통합. 사천시(항공산업도시)가
됨. 고려 시대, 개경에서 이곳까지 장거리이기 때문에 지어진 이름.

32- 첫 느낌에 서린 추억 <동기회보 권두시>

꿈 많은 열다섯 어린 시절
비봉과 두류봉으로 처음 만났을 때
그 첫 느낌이 서려 있는 신안 벌 추억이 하늘을 볼 때나 눈을
감을 때도 머릿속에 또렷이 펼쳐져 보인다
소크라테스 철학은 어렴풋하지만
풍금 타고 노래하던 그때는 즐거웠었고
쇼트 팬츠 입고 무용하며 계면쩍어했던 그 모습
지금은 아름다운 내 명상의 친구가 되었다

교시 탑에 씌어 있는 그 정신을 배워
우리 모두는 참된 사람 되기를 가슴에 품고
일선 현장에서 정관계에서 산업계에서 두류인이라는 프라이
드로 최선을 다하며 성실히 살아왔다
진주를 떠난 지 어언 수십 년
촉석루서 서장대로 오르는 오솔길이나
의암에 서서 바라보는 남강 물은 오늘도 변함없겠지만
아직도 진주를 그리워하는 것은
그 설레던 첫 느낌 첫사랑 때문일 것이다.

33- 가슴에서 우는 사연 〈운명의 그날은〉

한목숨 다하는 그날이 보이면
좋은 추억들이 가까이 다가와서
함께한 시간을 그리워하며
그날로 같이 가 보자 할 것 같다

별을 사랑하는 마음으로
이별을 준비해야지
즐겨 불렀던 노래와 시와 더불어
이제, 운명이 다가오나 보다

자신을 탓하며 부른 노래는
세월 속에 묻혔겠지만
달이 보고 별이 본 아름다운 사연은
소리 없이 그 가슴 속에서 울고 있을 것 같다.

34- 물모래 밟으며 <젊은 그날>

맨발로 물모래 밟으면 내면의 감정이 보이고
수평선 바라볼 때는 젊은 날의 청춘이 그려진다
싱그런 바닷바람 마시면 가슴 부풀어
지난 날의 그 추억이 생각나 잠시 행복해 한다.

잔잔한 파도는 임이 불러 주는 노래다
언제나 긍정을 위한 그 목소리 느낄 수 있으니
가슴을 활짝 펴고 *칸타빌레에 맞추어
그 사람 그리면서 *유모레스크를 흥얼거린다.

*칸타빌레- 노래하듯이 연주.
*유모레스크- 체코 작곡가 드보르자크의 곡으로 경쾌, 익살스러운
분위기로 자유로운 형식의 기악곡.

35- 마음이 흐르는 강 　　〈마음속 그림〉

마음이 눈웃음을 지으며 흐르는데
감흥은 산 그림자 비쳐진 강물 위에
물안개 피어나듯이 고요하게 솟는다

머리는 앞을 보고 똑바로 가라지만
세월이 만들어 낸 강굽이 바라보니
추억은 도도히 예는 수평면에 잠기네

한없이 깨끗한 생명들이 모여들고
쉼 없이 움직이는 생각이 달리나니
빛나는 은빛 물결은 사람 사는 정이다.

36- 내가 가는 길 <절제 배려 양보>

여럿이 산에 오른다
다들 생각이나 가야 할 곳은 다르고
내가 가는 길은 저기 산중턱
큰 욕심 없이 내 힘에 맞추어 바른길로 걸어간다
꼭대기도 아닌 산기슭 소나무 숲 아래
세상서 제일 보기 좋은 건
내 논에 논물 들어가는 거
내 아이 입에 밥 들어가는 거라
이런 소박한 꿈이 좋다

위를 보니 높이 올라가는 이도 있다
아래를 보면 한결 가벼운 마음이 들고
엎어져도 일어나서 오르는 사람도 많다
더 높이 가고 싶지만 내 힘에 맞춰 가는 거야
계산기 빨리하는 것보다 천천히 안 틀리는 게 좋아
욕심 부리다 판단 착오로 사고 내면 안 돼

유람선에서 내린 많은 사람들이 올라오고 있다
우리 모두 같이 가야 할 사람들
꼭대기가 아니라도 어딜 가든 손잡고 가자
배려하며 존중하면서 시기하지 않고
화합과 소통으로 최선을 다하며 같이 가야 한다

낡아 찢어진 옷은 꿰맬 수 있지만
마음이 찢어지면 다시 고쳐 맬 수 없어
나보다 우리를 위하여 양보하면서 규칙을 지키고
정의와 합리를 창조하며 사랑과 행복을 추구하는
그런 사람하고 같이 가고 싶다.

37- 배고픔의 즐거움 　　<건강 생활>

한창때, 궁글은 퉁소처럼 배고파도 참고 일한 건
아리랑 곡조를 외기 위한 지난 시대의 단면이었다
퇴근 후 귀갓길은 비환의 노래로 기분 내는 길
갈비집 구이 냄새는 푸념 담은 한잔 술로 하소연을 이끌었고
젓가락 장단은 산조 한 곡 뽑으며 기분 내고
큰소리도 치면서 고달픈 배를 채워 즐겁게 해 주었다

지나온 삶을 관조해 보면 아리랑 고개를 넘지 못해 고팠던
날도 많았다 흘러간 인생길을 되돌아보다가 오늘이 달면 사
과 하나, 텁텁하면 커피 한 잔 끓여 먹고 배불러 좀 쉬고 싶
어서 성화가 난 천안 삼거리 찾아가려 대금을 챙기는데 벌써
밥때가 되어 한술 뜨라니 휴일에는 배가 너무 불러 답답할
따름이다

일요일 산행 길엔 가벼운 리코더와 둘이 가는 게 좋다
날 버리고 가신 임은 발병이 나겠지만
백도라지 한 뿌리 캐며 불다 숨이 차면 물을 마신다
어느새 허기가 느껴져 어수룩해도 그 기분은 더 좋아
편안한 배고픔을 느끼며 하산한다
아! 배고픔의 즐거움이여!

38- 섬진강

<섬진강 이야기>

광양 하동 사이로 남류하는 강 하구에서
두꺼비 수십만 마리 울부짖는 바람에
왜구가 놀라서 피해 간 전설 따라
두꺼비 섬(蟾), 나루 진(津) 섬진강이라 했다

옛날에 한 처녀가 하구 나루터에서
홍수에 떠내려가는 두꺼비를 구했는데
뒤에 그녀 물에 빠지자 두꺼비들 다리 놓아 살리니
두꺼비의 행실을 기려 섬진이라 했다

온갖 사연 안고 유장히 흐르는 섬진강
진안군 팔공산 발원으로 남원 골 휘돌아
맑은 물 은모래에 은어 재첩 키워 온
오백여 리 강줄기는 남도의 생명선이다

섬진강 상류 쪽에 복사꽃이 피면은
본류대 강둑엔 앳된 매실이 달리는데
*황어가 금빛 옷 반짝이며 귀소하는 강줄기엔
남안 일품 재첩국 담백과 은어회의 풍미가 흐른다.

*황어- 3~5월에 섬진강으로 올라가서 산란하는 물고기. 산란기에 금
빛의 혼인색(번식기에 나타나는 특별한 몸빛)을 띠고 섬진강으로 올라오
는 수많은 황어떼는 장관이다.

39- 순수의 벗

<동기생>

슬픈 추억을 가다듬고
영원한 행복을 위해 오붓이 피어난 황금빛 복수초
수복을 가슴에 품고 세상에 나왔구나
저 산이 곱게 꿈꾸며 숨결 같은 꽃을 피웠다
가녀린 목은 누굴 기다리다 길어졌나
얼굴에 비친 해맑은 순수는 더없이 보드랍다
자꾸 보고 싶다 벗이여!

단아로 향내 내는 백합꽃
그 하얀은 벗이 즐겨 입는 옷이다
거기에는 *준걸스러움이 있고 신비가 스며있다
구름이 해를 가려도 안개가 산을 덮어도
앞에 보이는 하얀 순수는 숨길 수 없으니
장마전선 지나는 길가의 큰 *돌팍에 앉아
지성미가 더 아름다웠던 추억의 그 벗을 그리워한다.

*준걸스럽다- 재주와 슬기가 매우 뛰어난 데가 있다.
*돌팍- 돌의 방언.

40- 순정

그동안 별일 없이
받아 입은 은혜는
순정이 만들어 준 투명한 옷이런가
가슴에 뭉클거리는 감동이 다 보이네

정으로 건네주는
따스한 말 한마디
마음속 깊은 곳에 조용히 스며들어
인정에 감화되어서 감격으로 나온다.

소박한 희망들을
안고서 살아가다
아이의 입학 날에 느끼는 보람일랑
한평생 간직한 채 정성으로 품어라.

part 3 │ 하늘은 사랑
　　　　　바다는 희망

보물섬 사이 사이로
황금덩이들이 자라고 있네

〈남해〉

41- 그대의 손으로　　　〈아름다운 손길〉

마음이 들어야 곱습니다
손맛이 들어야 맛있답니다
바로 그대의 손으로
오물조물 주물러 담아낸 사랑은 더 멋집니다

잘한다는 말은 그게 아니겠지요
예쁘다는 말은 빈정거림으로 들려 싫습니다
너의 따스한 손으로
보들보들 어루만져 주려는 마음이 더 이쁩니다

순수하면 아름답고
새로운 이룸도 아름답습니다
당신의 귀한 손으로
알롱달롱 세상을 빛내 주시면 더 좋겠습니다.

42- 청아하다　　　　〈깨끗하고 굳은 의지〉

세상 위해 불어오는 *만파식적(萬波息笛) 음이런가

세파에 휘말려도 청청하게 버티는 태도
이것이야말로 본받아야 할 시대정신이다
가늘어 얇고 연약하여도
풍파에 요동은 치나 제자리 지키며
향긋한 내음 멀리 풍김은 그의 사명일지도 몰라

그 파래의 향이 피리 곡 흐르듯 바다에 퍼지니
대양서 불어오는 바람에 실려 여기까지 오누나
거센 풍파 이겨 낸 억센 의지에서 나온 향이 아닌가!
아! 우울은 사라지고 가슴속 깊이 상쾌하다
상스럽거나 속됨 없이 깨끗한 자연의 향이여!
청아하다.

해변에서 들이켜는 대금 산조 어울린 맑은 공기
돌고래 떼 몰고 파도 탄 *포세이돈의 수염을 날리고
그 은은한 기운은 모두 함께 사랑하는 본능일 것이니
사람 사는 아름다운 기품과도 같다

원초적 이 냄새는 향기의 신 *네페르템의 손길
향수의 심연에서 만들어 고아한 세상 이루라고 준

그 푸르고 싱싱한 바다 파래의 상큼한 내음은
야합하지 않는 청순한 품격 같은 것이 아니던가!
아! 이 맑은 공기를 가슴 가득 넣어 갈 수 있다면
꿈나라 가는 늦은 밤에 조금씩 꺼내 쉬겠다
고결하고 순수한 아름다운 사람 같은 냄새여!
청아하다.

*만파식적- 신라 문무왕이 죽어 된 해룡과 김유신이 죽어 된 천신이
합심해 용을 시켜 보냈다는 대나무로 만든 피리.
*포세이돈- 그리스 신화의 바다, 지진, 돌풍의 신. 제우스 동생. 삼지
창으로 바다와 육지를 들어 올려 지진을 일으킨다고 함. 아내·자식
사랑이 많은 신.
*네페르템(Nefertem)- 고대 이집트 신으로, 치유와 향기와 아름다움
의 신으로 여겼다.

43- 삶, 어떨까?

〈순리, 더불어 삶〉

좀 불안한 심정에
잔잔한 전율이 감돌 때가 있다
만남 약속 발표 기다림의 떨림
그 결과가 어떨까?
혹여 아니라면 어떡하나?
다행히 아니다가 아닌 이다로 된다면
가슴이 얼마나 따뜻했는지를 알 것이다
한숨 크게 쉰 하얀 입김이 추운 밤을 녹일 것 같아서

그도 잠시
다시 힘을 쓴다 바꾸는 생각을
소금 든 음식 베풀면 간장 든 음식 얻어먹어
맞아
편안한 마음으로 내가 먼저 열심히 하자
실망도 후회도 출세도 지나고 보면 다 덧없는 거다
구름이 눈비 볕 주고 가리며
산봉우리 쉼터에 쉬어 가듯
허욕은 버리고 즐거움을 느끼며 순리대로 살아야 해
희비와 같이 가는 삶의 길은 다 그런 거
진밥은 달고 된밥은 꼬시다 투정 않는 게 좋아
공부 일 사랑 이웃 살림살이 자세히 보면
다 비슷하니 그게 그거 아닌가?

너 있기에 나 여기 있어

우리 모두 더불어 살아가는 세상 이것이 인생살이다.

44- 갈룡고지 〈사화를 피해 온 사람들〉

*망운산 등성이에 생각하는 구름이 산다
높다란 고지 지압닥에 누가 와서 살면 좋겠다는
여기, 바다가 멀리 보이는 산중 숲 속에
안개를 목에 두른 오리목이 향내 뿜는데
노루가 그 싱그러움을 찾아 반기는 곳이다

구름이 꿈꾸고 있는 사이 용이 나타났다
여의주 입에 문 모습을 샘에 비추는 건 과시이고
물 길러 온다는 선녀를 기다림은 겸손이겠지
가물어 더 많은 물이 솟지 않으니 오죽 안타까웠겠나
구름은 하늘의 선녀를 그리워하는 용을 보고
슬픈 감정을 못 감추고 크게 울어 비를 내렸다

용이 산다는 이곳에 사람들이 모여들었다
땅밑으로 흐른 빗물은 구름의 동정이었고
아래로 흘러 들판 위쪽에 샘솟은 것은 은인이라
목마른 용이 이 맑은 샘물을 먹고 승천하였으니
*사화(史禍)를 피해 이 땅에 숨어들어와
자리잡고 살았던 사람들은
여기를 *갈룡고지(葛龍高地)라 하였다

용이 마신 샘의 물은 구름의 희망이었나

등용을 생각하며 청운을 꿈꾸게 하는 참맛이다
용과 구름처럼 기상이 날쌔고 포근한 갈룡고지 사람
언제나 이 샘물 맛을 기준으로 맛과 멋을 가누며 돕는 사람,
앞서는 사람, 이기는 사람으로 살아가고 있다.

*망운산- 남해도의 제일 높은 산(786m).
*사화- 관리·선비들이 반대파에 몰려 탄압받은 사건. 무오사화(연산
4), 갑자사화(연산10), 기묘사화(중종14), 을사사화(명종1) 등.
*갈룡고지- 남해서면 작장리의 별칭.

45- 열두 살 동창 〈초등 동기생〉

그대는 한 송이 고결한 들국화였소
바닷가 언덕배기 바위 밑에서
아침 이슬 찬 서리 맞으며 곱게 키운 꽃봉오리
너무나 순수하고 아름다워 꺾어 보고 싶었지만
설렘 속에 지샌 지 어언 삼십여 년
칠월 칠석 여름밤에
흰 구름이 지어 놓은 오작교 바라보며
은하수에 비친 어린 날의 그 모습을 그렸다
모두가 행복해 보이니 너무나 가슴 벅차
샛별이 지고 뜰 때까지 고향 하늘 향해 소야곡을 불렀었지

그는 아름다운 *아프로디테 아니었나
바다의 거품에서 태어난 그 사랑을 동경하는가
세찬 파도와 모진 비바람 이기고
단아한 자태로 그 소박한 인정을 꿈꾸고 있는가
소공동 카페에서 같이 들었던 은은한 칸초네는
가슴과 눈물 사이로 스며 온 격정을 달래주었는데
아직도 애틋했던 그 사랑의 노래를 기억하고 있을까
그립고 보고파 다시 만나고 싶지만
아쉽게도 재회의 신은 서산을 넘어가고 있었다

석양의 저녁놀이 길을 막는구나.

노란 유자 익어가는 시월에

산들바람이 들려주는 풍년 소식 들으며

들국화 꽃물 젖은 그대를 그려 본다

갸름한 얼굴에

잔잔한 미소

이마에 흩날리던 머리카락

열두 살 어릴 적 그 모습이 아름다워라.

*아프로디테- 그리스 신화에 나오는 미와 사랑의 여신. 로마 신화의
비너스(Venus)에 해당한다.

46- 죽방렴 안의 희망 <마지막 희망>

한 포대에 담긴 낟알처럼
우리는 어쩔 수 없이 만나야 할 *운명인가 보다
시류에 어울려 편히 지내다가
철 따라 물 따라 유람하다
사랑 따라간 데가 *아모르파티 희망 안이다

한 그물에 싸인 고기
우리는 어쩔 수 없이 만나게 된 *숙명인가 보다
님 따라 조류 따라 유영하다가
세로 막 울타리 피해
옆 돌아간 데가 대발 안이다

*죽방렴(竹防簾)에 갇힌 신세지만
우리는 아직도 할 일이 남아 있다
지금 와서 후회하고 눈물 흘린들 소용 있겠는가
마지막 가는 길에 좋은 일 하고 가자
나를 필요로 하는 것들이 있다면 그에게 잡혀 주자

내 한 몸 바쳐 여러 사람 위해
희망을 주고 보람과 맛, 기쁨도 주고 갈란다

84

*운명(運命)- 인간을 포함한 우주의 일체를 지배한다고 생각되는 초인
간적인 힘. 앞으로의 존망이나 생사에 관한 처지.
*아모르파티- 독일의 철학자 니체의 운명관을 나타내는 용어. 운명에
대한 사랑이라는 뜻.
*숙명(宿命)- 날 때부터 타고난, 정해진 운명.
*죽방렴(竹防簾)- 조류 거센 바다의 물목에 통나무를 박고 그사이에
대나무 발을 만들어 물고기를 잡도록 설치한 원시적 어업 시설.

47- 사랑은 양심

〈샘물 같은 순수〉

진정한 사랑이란
맛있는 샘물
양지바른 산골의 바위 밑에서
방울방울 솟아오른 살아 있는 물
그 무엇이라도 가미 되지 않은
자연의 물맛 같은 순수가 사랑이어라.

사랑은
마음에서 우러나는
아름답고 고귀한 인간의 본성
그것은 어머니 마음 같은 포근한 인성
이 세상 무엇과도 바꿀 수 없는
따뜻한 인간미 넘치는 정이 사랑이어라.

바른길로 나서는 진실과 정의
정직하고 사려 깊게 행하는 인자한 감성
그것이 진정 사랑이려니
어떤 일이 있어도 변하지 않고
언제나 깨끗한 물 솟아나듯
한결같이 올바른 양심이 사랑이어라.

48- 금산 풍월

부
목

칸
타
빌
레

선비의 시

花田風光名波 百里路二日到(화전풍광명파 백리로이일도)

由虹門上錦山 神仙奇巖萬處(유홍문상금산 신선기암만처)

山野秋色蔓延 學斐紅裳好愛(산야추색만연 학비홍상호애)

「화전의 풍광이 전국에 이름 퍼져

백리 길 멀다 않고 이틀 만에 당도하네

쌍홍문 거쳐서 금산에 올라 보니

신선이 놀다 간 곳 만 처에 기암일세

산과 들은 가을 색으로 짙어 가는데

추색도 좋다마는 학비 치마 더 좋더라」

학비의 시

*유홍문상금산에 쌍홍문 지나

기암절벽 풍광을 보기도 전에

원효대사 화엄경 읽은 자리서

화엄경전 아니고 치마 글 받아

내 마음 흔들흔들 어찌 하올꼬

흔들바위 알까나 승은 입을까?"

#위는 소설 『화전별곡100』(박준영저자 작시)에서 따온 글

 기녀 학비의 치마에 적어 준 선비의 한시와 학비의 답 글

*유홍문상금산(由虹門上錦山)- 남해 금산 바위에 새겨 있는 주세붕의

글씨이며 '쌍홍문 경유하여 금산에 오르다'는 뜻.

part 3 _ 하늘은 사랑 바다는 희망 **87**

49- 석사(石射)　　〈선조의 수호 정신이 담긴 민속놀이〉

마을 석사 대회에서
긴 소나무 푯대의 서른 걸음 떨어진 사선에서
정확하게 돌을 던져 맞힐 때의 그 쾌감
적을 친 느낌이어서 해보지 않은 사람은 모르겠지요
투척자가 명중시킬 때
심판이 깃발을 흔들대는 것은 적진을 때렸다는 신호
사물로 풍악을 울리는 것은 승리의 함성이었겠어요
표목 맞힌 투척자가 사선서 으스대며 한바탕 춤출 때
기녀 셋이 장구 치면서 *칸주가를 불러 주네요
돌쇠 씨~ 일세 칸주여 칸주여 칸주 칸주 칸주여~!

*구운몽 주인공 성진이 *석교에서 선녀와 유희하듯
풍류를 즐겼던 옛 남해 사람들의 석사는
왜구 격퇴를 기리기 위해 만들어진 놀이라네요
조선 시대 선조들께서 그랬듯
왜선 돛대가 부러지도록 힘껏 던진다는 각오로
원한의 기를 모아 정조준하여 표목을 맞혔으니
왜구 물리친 선친과 같은 통쾌를 맛보았을 거예요

일등에 송아지 내건 석사 대회 계승은 후손의 도리겠지요
석사를 본뜬 볼링 대회에서 치어걸의 춤추는 모습보다

석사 기생들이 장구 치며 부르는 칸주가가 더 좋았다고 기억
해요
한 판에 다섯 개씩
세 판 모두 열다섯 돌 던져 승부 겨루는 석사
조상의 얼과 역사가 담긴 민속놀이라 보존되어야 해요.

*칸주(가)- 돌로 나무 푯대를 맞힘(칸주 때, 불러주는 노래)
*구운몽- 김만중이 남해도 유배 중에 지은 소설. 여덟 여인과 부귀
영화를 누렸으나 깨어 보니 꿈이었다는 내용.
*석교- 구운몽에 나오는 지명:남해군 남면 석교리 사람들은 이를 자
기네 마을이라 여기고 있다.

50- 풀_리쉬, 다이 네임 이스 맨〈어리석은 자여〉

갈대 같은 마음이 뭔지를 몰랐다
일편단심 단심가는 정절이고 충성인 줄 알았지
밝은 모습을 보일 땐 꽃이었는데
어쩌다 뜻을 못 펴고 돌아서는 모습은 그래도 애교였어
꽃향기 무르익을 땐 벌 나비 반겼고
세월이 지나고 보면 모두가 보람이고 추억이었다

그런데 너는 지금 어떻게 지내나
독백 같은 이런 건 아니겠지
*'얼마나 사랑하셨는데 단 두 달이 십 년이었나 울며 관에 매
달려 묘지로 갔었던 그때의 발자국도 생생한데 거짓 눈물은
놀라운 변신을 위함이었나 이 더러운 요망을 어찌 용서할 수
있겠는가'

붉게 익은 사과가 참 탐스럽다
벌도 집 지어 식구 늘이고 꿀 나눠 봉사하지만
옆구리 찔려 상처 입은 무화과는 속상해도 겉은 멀쩡해
뭘 좀 할래도 안 되네 자꾸 마음의 상처만 생각나고
풍뎅이가 장수가 된다고 야단이다
그 패씸한 원한의 옆구리
바람아 크게 불어 저놈을 지옥으로 밀어넣어다오

딱정벌레가 그늘잎 뒤에 놀고 있는

다른 무화과에 다가간다

네 마음이 내 맘이다며 위로하고 훈수하네

속에 두면 병 된다 시원히 불어라

그러면 세상이 알아 준다 그것이 선구자란다

그래 놓고 딱정이는 뱀사골로 숨어 들어간다

*프레일티, 다이 네임 이스 우먼!

*어리석은 자여, 그대 이름은 남자로다!

*Frailty, thy name is woman- '얼마나 ~겠는가'『햄릿』에서

*Foolish, thy name is man.

51- 추억 이별

<크루즈 여행>

크루즈선 카페에는 폭탄주의 진동이 일렁거리고
파고에 놀란 침대가 그네를 타며 가슴을 어른다
미소와 포도송이로 술을 빚은
*디오니소스는 자유와 감흥이 넘치는 와인을 든다

가을에 만난 행복은 다음 항구에서 내려야 했다 오래도록 같
이 있고 싶었으나 작별을 고하는 연분의 마음은 오죽할까 애
틋한 사연으로 만든 *미디어아트는 아름답게 돌아 피고 있는
데 우리 사랑은 지고 마는가?

추억은 아픔을 달래며 화이트 크리스마스를 불렀고
첫눈은 이별 함께 와서 *쇼팽 왈츠 9번을 연주한다
다정히 거닐었던 길에 뿌려진 하얀 눈과 느낌이
*홀로그램 펼치듯 좋은 인연으로 밤하늘에 그려진다.

*디오니소스- 그리스 신화에 풍요, 포도 재배와 관련한 술의 신. 로
마 신화의 바쿠스(Bacchus).
*미디어아트- 방송, 컴퓨터, 인터넷, 사진, 전화, 영화 등의 디지털 기
술을 활용한 예술.
*쇼팽 왈츠 9번- 부친의 반대로 못다 한 사랑 소꿉친구 마리아와 이별
하면서 사랑을 기억해 달라며 작곡한 이별의 왈츠 곡.
*홀로그램-레이저광과 반사광으로 입체상을 재현하는 것.

52- 칠선당

고려 말 대작 대감 *부원군 칭호 받아
칠 미녀 거느리고 남해로 살러 와서
성안의 홰나무 집서 아우르며 살았다.

왜구가 한밤중에 대감님을 살해하니
칠 미녀 슬피 울고 자결로 따라가네
현령은 *칠선당 지어 정절을 기렸다.

*부원군- 임금 장인이나 정일품 공신에게 주는 작호.
*칠선당- 남해읍 홰나무 거리에 있었던 사당.
#위는 칠선당의 전설을 읊은 시. 소설『화전별곡100』(박준영 저자 작시)
에서 따온 글.

53- 어판장 <우리 새 세상에서>

여기 데려와서 어떡하려고 이럴까
사람들이 둘러싸고 내려다보는 웃음이 이상하더니만
드디어 손짓 눈짓 고함지르며 *대두리가 벌어졌어
전에 어판장 구경 갔다 온 갈매기 말이 생각나
거기 가서 잘하면 서울 구경할 수 있다고 했지 아마

가자미는 산청으로 도다리는 무주로 간다는데
왠지 오늘은 눈도 잘 보이지 않네 목도 마르고
얼음 상자 태워 주니 시원하다만 먹을 거는 안 주나
그때 청년이 다가와서 덥석 안을 때는 가슴이 떨렸어
팔구 번 님이 선택했나 보다 기차 탈 수 있을까

고창으로 가는 농어한테
제 고향이라며 작별 인사하는 장어를 보고는
잘 가라며 웃어 봐도 불안하고 걱정이다
도시로 가게 되면 백화점 구경할 수 있을지
냉장차 실려 한참 달려간 곳이 바다서 먼 안동이다

장을 마무리하는 경매사의 활기찬 외침이 환청이었나
'만선해서 싸게 팔아
싱싱한 생선 밥상에 올리고
수출도 많이 하여
국민 모두가 행복해졌으면 합니다'

94

그래, 밥상에 수출에 행복을 위해 가 주자
*간잡이가 행복한 미소로 등을 어르며 예쁘게 단장해 주었다
편히 가거라 다시 만날 날을 기다리겠다
우리 새 세상에서 꼭 만나자.

*대두리- 일이 크게 벌어진 판
*간잡이- 생선을 소금 절임. 그런 일을 전문으로 하는 사람.

54- 희망이 아픔을 <병원 풍경>

보도를 걸어가다 차에 받혀 넘어져
처음엔 통증으로 목도 가누지 못했고
충격과 불안감으로 병세는 악화되었다

따스한 마음으로 다가온 의료진은 정성과 친절 속에 거룩함
을 갖췄으니 진정한 백의의 천사 아니고 무엇이랴

처음엔 신경외과 다음에 재활의학과
통증과 거쳐 정신과로 전과되기 십여 년
교통사고 후유증으로 온종일 시달린다

육인실 입원실을 모두가 원하는데 이인실뿐이라니 입원료 부
담되네 그러나 특실이라도 입원만을 바라지요

정신과 입원은 통제된 폐쇄 병동
주 일 회 면회되는 엄격한 공간이라
인내로 버티는 것에 눈물겨워 하노라

같은 병실 환자들은 동병상련 느끼는데 이 약을 먹다 말 때
부작용 말해 주고 천 원씩 거출하여 순대도 사 먹는다

병문안 오는 이는 아들딸과 며느리
머리도 감겨 주고 자리도 갈아 주니
이것이 가족애이고 진정한 사랑이오

구급차에 실려 온 응급실 환자들은 약 먹은 사람 있고 화상
환자도 있는데 나중에 후회하고는 사랑한다 말하더라

화가 난 보호자의 고함 소리 요란한데
원무과 직원들이 말리고 또 말린다
어떻게 이런 일들이 왜 자주 일어날까

십 년 후 진료실 앞에 선 내 마음은 난치 아닌 완치를 바라고
있었는데 외상 후 스트레스장애 진단에 놀란다

오늘도 진료받고 접수처에 다가서니
자보 담당 바뀌어 지불 보증 또 내라네
이렇게 끗발 부리니 안타깝기 그지없소

아홉 시 예약인데 여덟 시 도착해서 차례를 기다리며 눈감고
생각하니 희망이 사랑의 아픔을 치유하고 있었다.

55- 그리워

<청춘 시가>

그파란 하늘 아래 노랑 단풍
비바람 견뎌 내고 키워 온 보람
찬 서리 맞으면서
붉어만 가니
지나간 세월 같아 더욱 허전하다
애타게 그리워라 한 많은 내 청춘

*리고동 춤곡에 맞춰 살랑대는
쑥부쟁이 꽃송이
바람에 흔들리는 가냘픈 몸매
이슬만 먹고 컸나
파래진 꽃잎
외로운 한살이가 안타깝구나
애타게 그리워라 젊은 그 시절

워낭 소리에도 흩날리는 하얀 억새
세파에 휘말리어 늙어버린 추억
참으며 삭이면서
여기까지 왔으니
그대의 끈기이며 강인한 의지
애타게 그리워라 가버린 청춘이.

*리고동- 프랑스 프로방스(Provence) 지방에서 시작된 사분의 이 또
는 사분의 삼 박자의 쾌활한 춤곡. 16~17세기에 유행하였다.

56- 포(鮑)작이

〈해녀, 세계의 문화〉

위 유우~ ! 가늘고 길게 뿜어내는 애달픈 소리 안도의 소린
가, 고통의 절규인가? 보람을 건져 올린 해녀는 테왁을 안고
참았던 숨을 뿜어낸다 험난한 세파에서 소망을 향해 지르는
소리 소중한 문화, 세계 유일의 이 소리는 자유를 위해 외치
는 소리가 아닐까

남해도로 유배된 *유의양의 남해문견록
그가 겪은 귀양살이 기록은 가판의 역사가 아니었나
'전복 잡이녀'를 전복 포(鮑) 자를 써서 부른 '포작이'
읍 거리에까지 이고 와서 전복을 팔았다고 했으니
지금의 노점의 실상과 흡사하구나

근대에는 '보자기'라 불리었고 오늘날엔 해녀다
전복 잡이, 포작이, 보자기, 원한의 해녀, 자유의 해녀, 강인
한 한국 여인, 세계 문화로 만들지어다

안전을 빌며 동생이 부른 노래는
*'머구리 배 친구야 어서 펌프 처라 물밑에 우리 오라버니 숨
가빠 온다 크고 좋은 키조개보다 물 밑에 우리 오라버니 안
전이 제일이다.'

*유의양- 1771년(영조47)에 남해도에 귀양 가서 『남해문견록』을 지음(
유배 생활, 장례, 혼인, 열녀, 방언, 사는 모습 등이 실려있다).
*머구리- 잠수부(사전엔 보자기의 방언).

57- 느낌의 연분 <신실은 신선>

우리의 사랑은 느낌이었어
불현듯 다가오는 믿음이 아니라
오월의 신록처럼
여리지만 싱그러운 그런 새싹이었고
그 사랑하는 마음은
경쾌한 걸음걸이에 빛났으며
오가는 대화 속에서
그대의 감춰진 신실을 알 수 있어서 좋았네

우리의 사랑은 느낌이었어
그 느낌 어쩌다 다가온 인연이라기보다
가슴으로부터 풍겨나는 아름다운 인품
그 상쾌하고 신선한 그런 연분이었을지도 몰라.

58- 화전찬가

〈아름다운 화전〉

천지의 땅끝에는 대지의 머리가 있고
여기에 땅 중의 땅 신선 섬이 있으니
이곳이 일점선도(一點仙島)라 아름다운 남해도

화전은 꽃피는 좋은 땅 남해도의 별칭 도시의 빌딩 숲이 제
아무리 좋아도 수려한 산해 풍광은 여기 말고 또 있을까 좁
은 땅 개척하여 계단식 논 만들고 바다로 나아가 해산물 잡
아와서 대대로 가게 이어서 억척스레 살았구나

하늘의 남쪽이라 따스한 바람 불어
유자와 치자꽃에 비자(榧子)림 우거지니
그윽한 삼 자 향기가 온 화전에 퍼지네

불로초는 동방의 신선섬 남해도에 있어, 서시과차(徐市過此)는
동남동녀 오백을 거느리고 진시황 시종 '서불이 이곳을 지나
다'로 문자의 시원이고, 자암 김구의 화전별곡과 서포 김만중
의 구운몽을 낳은 여기는 유배문학의 시원이 아닌가

미조의 바디 갈치 작장의 피문어
갯바람 맞고 자란 시금치와 마늘 있어
이 넷의 화전 별미가 여기 나를 당긴다.

59- 쪽물이 쪽보다 더 푸러 〈청출어람〉

*상당(上黨)에서 이룬 *도원결의를 지켜 가는 그대

푸른 하늘을 보고 *청출어람의 참뜻을 안 그대 그리고 우리

붉은 봄꽃을 좋아한 그대의 가슴은 뜨거웠었고

비바람 부는 날에도

따뜻한 손으로 아름다운 꽃을 가꿨던 그대

눈물 흐르는 날도 있었지만

참으며 살아왔던 그대와 우리

언젠가 그 꽃이 그리울 땐

외딴섬이라도 이내 달려가

아름다운 사랑을 다시 또 주고 싶은 그대 그리고 우리.

*상당(上黨)- 옛 지명, 현 청주(충북도청지, 교육문화 도시).
- 본관이 청주 한씨인 한명회의 작호가 상당군이다.
- 군(君) 작호는 본관이나 대대로 오랫동안 살아온 지역명을 붙여 사
용하며 공신, 왕자에게 붙여지는 특권적 칭호.
*도원결의- 삼국지에서 유비, 관우, 장비가 복숭아나무 밑에서 의형
제를 맺었다는 일화. 의기투합하는 일.
*청출어람(靑出於藍)- '쪽'에서 뽑아낸 '푸른 물감'이 '쪽'보다 더 푸르다
는 뜻으로, 제자가 스승보다 나음을 비유한 말.

60- 미안의 감격

구름이 해를 가려도
안개가 산을 덮어도
대자연의 순리는 숨길 수 없으니
산골을 울리는 뻐꾹 소리
메아리 되어 울려 퍼진다

소나무 가지에 튼 멧새 둥지에
봄바람 따라 몰래 살짝
뻐꾸기 앉는데
산도라지 꽃이 피어날 즈음
보랏빛 꿈이 태어날 것이다

새끼 곽공이 깨어나는 날에
산사의 풍경 소리는 도량(道場)을 울리고
주촌 마을 술 익는 소리가 입안을 간질이는데
뻐꾹새의 울음 속에는
미안의 붉은 감격이 솟아올랐었겠다.

part 4 | 물결 위에 비치는
축복의 땅은

사랑하는 사람들과
우리들의 희망찬 미래

〈광양-여수-순천-고흥-보성-장흥〉

61- 오빠

<아름다운 이야기>

갯바람 부는 날 대바구니 들고서
오라버니 따라 낚시 가던 날
멀리서 기차 소리 들려오니
비가 올까 손님이 오실까
서울서 공부하다 방학이라 온 오빠
아마도 낚시는 서툴 것 같은데
미끄런 갯바위에서 낚싯줄을 던진다

이웃집 삼촌이 *불볼락 낚을 때
초보 우리 오빠 미끼만 떼이고
나더러 *입갑 끼우라네
세 땀으로 달아 주었더니
오색 빛나는 *용치놀래기가 걸렸어요
너무 좋아 엉겁결에 얼싸안았는데
금방 내려온 오빠의 서울 친구였어요.

*불볼락- 짙은 붉은색 눈은 금빛(열기는 비표준어). 떼 지어 다님.
*입갑- 미끼의 방언.
*용치놀래기- 갓낚시 고기 중 제일 아름다운 오색 무늬 물고기. 여러
방언이 있음: 술뱅이(부산), 외노래미(남해), 수맹이(통영), 용치(전남), 이
놀래기(포항), 어랭이(제주).

62- 지섬-종이 섬의 불 <개발과 환생>

그 예전 광양만 들목, 섬진강 하류 아래
지식을 꿈꾸는 종이 한 장 누워 있는 모래톱 지섬
밀물 때는 물속에서 잠자고 썰물 때 배꼽 드러내면 대침(大鍼)
을 맞아야 했다

*영등날 즈음 수백 명이 맛대 찔러 *맛을 캐는데
다날물 한 시간 동안 가장 아름다운 명화가 그려진다
만나고, 알아가는 *경전(慶全) 사람들의 맛 잔치다

경제 발전 기원하며 맛 캐기 풍습을 적은 종이
거대한 제철소를 지으면서 축문으로 불탔으니
희망의 광양만 지섬은 맛의 화신으로 환생되었다.

종이섬 영혼은 광양만에서 희망 만들고 보람되어
제철소 고로에, 정유공장 고공에서 미래로 빛났다
아! 맛이여!
불을 떠받든 지섬, 종이 섬이여!

*영등날- 음 2월 1일:이날 전후 간만 차가 연중 제일 크다.
*맛- 맛조개과의 한 종. 길이 10cm 정도의 긴 조개. 갯벌에 산다.
*경전(慶全)- 경상도, 전라도.

63- 고개 숙인 연유   〈그리운 임〉

수수가 빨갛게 익어 가니
잠자리 한 마리가 수수 이삭에 앉아서
붉게 물든 연유를 물어 보는데
저리도 슬픈 사연이 무엇이길래
고개만 숙이고는 대답을 안 하네요

수수 씨 뿌려 놓고 떠나간 사람아
수수떡 만들어서 보내 주려 했는데
어찌 그리 무심해 일자 소식 없는가
가슴의 붉은 상처 지울 길 없어
고개를 흔들대며 눈물겨워 합니다

수수 이삭 훑어서 *우케 옆에 같이 널고
하루 종일 말려서 붉은 낟알 거두어
진홍빛 수수 술을 빚어 볼까 하는데
같이 마실 사람 없으니 안타깝기만 하여
고개만 돌리고서 소리 없이 웁니다.

*우케- 찧기 위해 말리는 벼

64- 아름다운 여수 〈빛나는 물 여수〉

빛나는 은물결이 영롱히 반짝이는
마음의 보석 같은 소중한 보물 도시
그 이름 아름다워라 빛나는 여수여

*진남관 기단에서 바다를 바라보며
장군섬 감돌았던 거북선 떠올리네
지금도 들을 수 있다 충무공의 호령을

돌산대교 야경이 바다에 비쳐질 때
연인들 손잡으며 희망을 속삭이고
꽃다운 젊은 시절을 한없이 노래한다

희망의 포구에는 만선기 펄럭이고
갓 잡은 보람들이 공판장에 수북한데
목롯집 멍게 해삼 개불 여기가 제맛이다

오동도 방파제를 말없이 걸으면서
이별의 아쉬움을 달래보려 했지만
갈매기 울음소리에 눈물이 맺히누나

동백꽃 필 무렵에 다시 보자 약속하고
첫사랑 그 추억을 소중히 간직한 채
여수항 떠나갈 적에 뱃고동이 울린다.

* 진남관- 조선 수군의 본거지 전라 좌수영(서울에서 보아 여수는 전라도
의 좌측임).- 이 객사에는 조선 역대 왕들의 궐패(闕牌:闕자를 새긴 나무
패로 임금을 상징)를 모시고 매월 1, 15일에 참배를 했다. 2001년에 국
보로 지정.

65- 칸의 은방울꽃 　　　　〈은방울꽃 칸타빌레〉

*칸은 지중해서 뜨는 태양의 빛을 가져다가
*끄르제트 거리 은막에 행복의 *뮤게를 피워
 그 하얀 순결을 가슴에 품고 젊음을 불태운다

타오르는 정열이 바다와 백사장에 흐르면서
은방울 푸른 기운은 동백섬 인어 공주에 안겨
사랑의 연인과 행복의 그림을 그리게 되었다

*빌보드 차트 핫 100의 강남스타일의 흐름은
파도와 모래 위를 달리는 말굽 소리의 화음
여리게 빠르게 노래하며 칸의 해변을 걷고 싶다

*레 미제라블에서 얻은 바다같이 넓은 사연은
아름다운 사람들과 함께 '부목 칸타빌레' 시를 읽고
영화 그림 음악 문학의 은방울꽃을 피울 것이다.

*칸- 프랑스 지중해 연안 휴양도시. 칸 영화제가 열리는 곳.

*끄르제트- 칸의 예술거리.

*뮤게- 은방울꽃. 꽃말은 행복. 부케로 많이 사용.

*빌보드- 미국의 유명 음악 잡지.

*레 미제라블- 뜻은 '불쌍한 사람들'. 빅토르 위고의 소설,『장 발장』.

66- 거문도

동서로 동도 서도 아래에 고도 있어
푸르른 세 섬들은 남해의 흑진주니
창파에 넘실거리며 검어라 *거문도여

세 섬과 근처 섬을 거문도라 일컬어
물 깊고 호수 같은 천혜 항만 이루니
남해의 중심 항이라 빛나는 거문도

*거문도- 전남 여수시 삼산면에 있는 섬. 서도, 동도, 고도(古島)의 세
섬으로 이루어진 어업, 교통의 요지. 위치는 여수의 서남쪽으로 멀리
떨어져 있고 고흥반도 남쪽임.
- 거문도 사건: 1885년부터 약 2년간 영국의 함대가 거문도를 불법적
으로 점령한 사건.

67- 기다림

〈너 있기에 나 있다〉

갈고 닦아 얻은 작은 재능이라도

사랑과 믿음을 품은 노력의 결실은 보기 좋다

마음 다스리며 지샌 날은 아름다운 추억이었으며

열성으로 길러 익힌 열매를 고객에 드리려니

벅찬 설렘이 가슴에 가득하다

순수한 감성이 담긴 보람을 그리며

서로 존경하는 눈길로 바라보는 그런 만남을 원한다

사랑하는 사람이 있기에 나 여기 있다

내 정성이 닿게 된다면 그도 사랑하는 사람이다

부정을 배척할 수 있는 용기 있는 행동으로

나보다 우리를 앞세우는 사람

정의와 합리를 창조하는 사람

사랑과 행복을 추구하는 사람

이런 좋은 분들과 함께하는 따뜻한 인연을 기다린다.

68- 여수의 삼파 삼복 　　〈여수인의 기개〉

　태조의 *역성혁명(易姓革命)에 거역한 정의
*현령의 항거는 자존과 기개를 떨친 충절이었다
그러나 여수는 역사에 묻고 순천부에 예속되는데
대동단결하여 여수 이름 되찾고는
또다시 파하고 복원하기를 세 번씩
오백 년 만에 되찾았으니 삼파 삼복의 역사이다

옳은 일에 앞장서는 여수 사람들은
투지와 용기로 힘 모아 긍지를 지켜 가고 있다
석유화학 공단을 조성하여 힘찬 미래를 열었고
*여수 엑스포에서 연안 개발과 해양재난 예방에 기여함으로
써 대한민국을 세계에 빛냈으니
이순신 장군의 고장 여수는 영원할 것이다

*역성혁명(易姓革命)- 다른 성에 의한 왕조의 교체.
*현령- 각 현의 으뜸 벼슬: 종5품.(현감:종6품, 군수:종4품).
*여수엑스포-2012. 5. 12~3개월간 105국, 10국제기구 참가.

69- 진정을 짓다 <인정, 순정, 다정>

그동안 별일 없이
받아 입은 은혜는
마음속 깊은 곳에 조용히 스며들어
인정에 동화되어서 감격으로 나온다

그 느낌 건네주는
따스한 말 한 마디
순정이 만들어 준 투명한 옷이런가
가슴에 뭉클거리는 감동이 다 보이네

한눈에 들어오는
다정한 표정일랑
얼굴에 피어나는 소박한 희망들을
한평생 간직한 채로 고이고이 품어라.

70- 언제나 내 편 <그대 머문 곳으로>

그대 머문 곳이라면 당장 달려갈 수 있어
섬이라도 두메산골이라도 막 뛰어가고 싶다
산사의 풍경소리같이
내밀지 않고 속으로 기도하듯
다정하게 다가와 감격으로 안기는 단아한 지성
언제나 내 편이었던 그 따스한 인정이 그립다

옷가슴에 묻어난 풋감의 흔적은 지워야 해
검붉게 번진 애달픈 사연일랑 떨쳐버리고
절 골에 흐르는 맑은 물같이
깨끗하고 사랑스러운 고운 노래 불러 주고
힘들 때 위로하며 격려해 주는 그런 진정
그 자취를 찾아 친숙한 겸손으로 다가가면 어떨까?

71- 순천만의 여휘(餘暉)　　　〈산업혁명〉

황혼이 꽃단장하고 청춘을 그리고 있을 무렵 지금 여기 서 있는 것은 즐거움이요 느끼고 있음은 행운일 것이다
노을은 저 앞에 뵈는 널따란 갈밭에다 풍경화를 그린다 그 속에 흑두루미 한 쌍이 노닐고 저어새 무리가 날아와 앉는데 노을 진 순천만의 석양은 *4차 산업 혁명을 이루는 ICT의 융합을 이루고 새 생명을 낳고 있다

이렇게 신비스런 풍광 만들고 저문 저 해는 잡을 수 없지만 누가 띄운 드론이 날아돌며 사진 찍어, 가는 시간을 잡으려 하는데 세월은 잠시 머물다 가려나?
억겁을 건너 온 바닷물과 바람이 파도를 만들 때마다 물속에서 일고 있는 *시거리는 바람이 만든 보석이다
점점 붉어지는 *여휘가 아름다운데 전기차에 탄 두 연인은 행복의 미소를 지으며 달리나니 대자연은 참으로 아름답다.

*4차 산업혁명- 정보통신 기술(ICT)의 융합으로 이룬 혁명시대.
*시거리- 밤바다에 파도나 물체의 자극으로 반짝거리는 플랑크톤.
*여휘(餘暉)- 해 질 무렵의 빛나는 노을.

72- 만들고 싶다 〈희망의 땅 고흥〉

아름다운 곳으로 가고 싶다
높푸른 하늘 아래 흥하는 고흥 반도 해창만 방조제 안, 하늘
이 만들어 준 땅 상상의 꿈을 이룬 남안의 이상향으로 함께
가고 싶다 여덟 봉 팔영산에도

멋있는 사람들과 살고 싶다
봉사와 은총의 섬 *소록도는 사랑이 가득하고 우주센터 *외
나로도엔 믿음이 넘친다 이런 희망의 땅에서 미래를 여는 사
람과 같이 살고 싶다 해상 경관과 더불어

인간미 넘치는 동네 만들고 싶다
해안선 들쭉날쭉 *리아스식 해안에서 수평선 바라보며 휴양
할 수 있는 곳, 이웃 간에 서로 위하며 살아가는 축복의 땅을
만들고 싶다 *거금도 금장 해변이면 더 좋겠다.

*소록도- 고흥반도 서남쪽에 있음.
*나로도- 고흥반도 동남쪽에 내나로도와 외나로도 두 섬.
*리아스식 해안- 해안선의 굴곡이 심하고 만이 많은 해안.
*거금도- 소록도 아래에 있음. 고흥군 내 제일 큰 섬.

73- 카페트 친구 〈ICT〉

바람이 불어와서 살랑대며 하는 짓이
구름을 안아 봤더니 가슴이 설렌다는 걸 알았다고
자랑하며 사진도 보인다
나는 되묻는다 자세히 말해 봐라
폰 하나로 보고 찍고 통하는 재밌는 이야기를

얘길 듣고 살짝 구석으로 가서 가슴에 손을 넣어 맘속 깊이 관
수한 구두쇠 고리를 꺼내 몰래 쓰레기통에 버린다 바람아 전
해다오 우리 친구 만나거든 소통하며 좀스럽지 않게 산다고
모두 사랑하면서 조화로운 삶을 위해
까딱수는 버리고 미래를 생각하며 사는 거다

바람이 가르쳐 준 아이티 한 수는 *O4O의 Online for
Offline으로 발전한 대형매장 정보, 블로그나 카페의 앱을
생성해 홈 화면에 추가하는 법이랑
문자로 알려 주고는 태연히 흘러간다
그래 그렇군 알겠다며 메모와 연락처에 저장한다
*카페트 친구 하나 더 생겨 좋아
내일을 좀더 크게 보는 사람이 많았으면 한다.

*O4O- 폰 앱 체크인_ 상품을 전용가방에 넣고_나오면 자동 결제됨.
*카페트- 카카오스토리, 페이스북, 트위터.

74- 보성의 삼경 삼보 <아름다운 보성>

아름다운 *경개(景槪)는 산
소백산맥 끝자락 보성 땅에 *황운(皇運)이 앉았나?
임금 제(帝) 세 산은 남도의 지존이라
으뜸의 정기 받아 제암산, 존제산, 제석산으로 솟았다

아름다운 풍광은 호수
황제가, 북류하는 보성강에 댐과 주암 호수를 만들고, 임 찾
아 감돌아 오는 섬진강을 만나도록 합류시켰는가?
자연과 멋이 어우러진 호수의 고장에 낭만이 흐른다

아름다운 경치는 바다
서쪽은 보성만이고 동쪽은 고흥만
청춘 같은 물결이 춤추는 젊음의 바다에
아름다운 미래를 위한 풍요의 꿈이 자라고 있다

산, 호수, 바다가 아름답고
의향(義鄕) 예향(藝鄕) 다향(茶鄕)이 자랑인 보성에
보는 사람마다 충의(忠義)의 기품이 보이고 문화 예술 기운이
가득한 이곳에 신선한 다향이 담 넘어 풍겨 나온다.

*경개(景槪)- 산, 물, 들 따위의 자연의 모습.
*황운- 황실이나 황제의 운수.

75- 굴삭기

<현장의 주역>

흙 파내는 일은 능력 넘어 예술이다
팔레트에 물감 짜 놓듯 사뿐히
쿡쓱 쿡쓱 스르르 샥
파고 떠 담아서 올리고 섞기도 하는데
마치 그림을 그리는 화가의 붓놀림이라
근사한 풍경화 한 폭이 그려진다

파는 줄만 알았는데 다듬기도 한다
크게 다친 상처까지 아물게 하는 약손인가
철컥 철컥 드르르 컥
쿡 찍어 깨기도 하고 고르기도 하나니
생명을 창조하는 조물주의 만능이었던가
눈앞에 새로운 신천지가 펼쳐진다

옆으로 뒤로 위아래로 멋대로 움직이며
기다란 길을 만들었으니 일당백의 힘이다
푹슈 푹슈 사르르 슉
*사물인터넷 인공지능을 장착했는가
어느새 답답했던 마음이 평안해지나니
내 마음의 주치의고 곡예사의 예능이로다.

*사물인터넷(IoT)- 사물에 센서와 프로세서를 장착하여 정보를 수집
하고 제어·관리할 수 있도록 한 인터넷 연결 시스템.

76- 내 마음

<작은 소망>

내 마음을 잘 모르면
한번 날아 보면 안다
날개를 펼치고 올라
앞뒤로 다리 뻥 차며 뛰어오르는
*그랑쥬떼처럼
아름다운 율동을 한번 보이면
그래도 좀 알아주는 사람이 있지 않을까

다잡으려는 마음을
구름은 알고 있겠지
슬픈 노래 부르면 비 내리고
사랑 노래 부르면 해맑은 햇살 비친다
나고 드는 구름을 손에 넣어
가뭄에 소낙비도 내리고
마음 맞는 세상 만들 수 있다면 좋겠다.

*그랑쥬떼- 오른 다리를 앞으로 펴 도약해 왼 다리를 곧게 뻗은 후
착지하는 동작.

77- 정남진

<정남진-광화문-중강진>

광화문에서 정남 땅끝은 장흥군 관산읍 신동리
봄 날개 걸친 선녀가 이 땅에 봄을 안고 오는 길목
여기서 광화문, *중강진으로 이어지는 날줄은
봄꽃으로 장식한 꽃마차가 올라가는 꽃길일 것이다
.

정남진에 서서 아름다운 다도해 풍광을 바라보면은
마음의 고향 같은 잔잔한 그리움이 다가오는데
천의 형상을 보고 천운을 기도했던 천관산 추억이
*배산임수 *삼산호 수면에 낭만의 그림자로 비친다.

*중강진- 평북 자성군 중강면에 있는 국경도시.
*배산임수(背山臨水)- 뒤에 산, 앞에 물이 있는 좋은 지형.
*삼산호- 장흥군 남부 득량만을 간척하면서 만든 간척 호.

78- 무인위無人爲 세상 　　　　　　〈시집을 읽고〉

꽂게 두 마리만 들고 온 욕심 없는 사연이랑

부귀공명 아닌 참삶의 본이 좋아

차령산맥 정기 받은 충청도의 걸출 *백 시인 따라

서천 땅도 밟아 보면서

무조작 무인위 세상을 향한

그의 고아한 시 세계를

편안하게 여행할 수 있어서 행복했고

늙어서 할 도리도 *혜존 시집의 *'자경시'에서

배웠습니다

언제, 춘원도 불러, 셋이서

톡 쏘는 홍어를 막걸리 안주 삼아

아려도 견뎌야 하는

그 마음 한번 알아봅시다.

*백 시인- 필자의 친우. 시집 『반구대 암각화』 저자.

*혜존- 자기 저서, 작품을 남에게 보낼 때, 상대편에 '잘 보아 주십시
오'라는 뜻으로 쓰이는 말.

*자경시- 백낙천의 한시(내용:누에 늙어 고치 돼도 제 몸 못 가리고, 벌은 굶
어 꿀 만들어 타인 위하네, 알아 두자 늙어서 집안 걱정하는 자, 두 벌레 헛수고
같다는 것을), 위 시집 『반구대 암각화』에 이 시를 풀어 쓴 시가 나옴.

79- 어부의 꿈

〈어부의 소망〉

*아홉무날 *다들 물 때 한낮은 평화다 선착장 덮을 듯 높아
진 수위는 세상을 평정하고 있으니 *크라켄을 이긴 용왕의 분
노는 없었겠다 갯벌이 물 덮어 쓰고 잠잘 때 어부는 평온을
깨고 꿈을 보러 나간다 치솟는 손짓에 마음이라도 실컷 던
져 주고 싶으겠다 양식장에 이글대는 수많은 보물덩이는 그
의 전부일 테니 심장이 뛰는 듯한 감격을 보았을 것 같아 보
기 좋다

어부는 잠시 눈을 감고 풍어제 주문을 외는 *해원굿 생각에
잠긴다 작년에 어장을 휩쓸고 간 태풍이 원망스럽지만 눈물
을 참아야 하고 먼저 간 수산인의 소망인 만선의 꿈을 이뤄
야 한다는 의지가 눈물겹도록 아름답다 '우리들의 희망이 양
식장에서 잘 자라게 해 주시고 고기 덜 들어도 못 잡아도 제
발 좀 안전만 살펴서 천지풍파 없게 굽어살펴 주시옵소서.'

*아홉무날- 제일 물이 많이 들고 많이 빠지는 날(음 17일, 2일-〈8물때식 〉).
(물 때는 '1물'부터 '15물(조금)'까지 있음).
*다들물- 만조(滿潮)의 방언. 조수의 수위가 제일 높을 때.
*크라켄- 신화의 거대한 바다 괴물, 대왕 오징어에서 유래.
*해원굿- 풍어제 등 굿의 마지막 거리로 잡신 퇴송시킴 과정.

80- 폭포

한없이 맑은 깨끗한 생각들이 쏟아지고
쉼 없이 움직이는 건강이 튀고 뛰는데
흐를수록 하얗게 빛나는 것은 우정이겠다.

part 5 │ 수려한 경개景概와
보람의 미래이다

다도해의 풍요와
역동적인 우리들 삶이 보인다

〈강진-완도-해남-진도-신안-목포〉

81- 강진만

<세려운 강진>

레
빌
타
칸
목
부

남 방위를 수호하는 주작 신령
붉은 봉황으로 형상한 주작산으로 솟았어라
노령산맥 끝자락에 앉아 강진만에 비치니
푸른 청춘과 붉은 정열이 물결 함께 춤추는구나
마음을 여기 비춰 보면 공작춤을 한번 볼 수 있을까?

*탐진강 굽이굽이를 주작이 품어 안고
백사십 리 여정을 미래 희망으로 만들었다야
물줄기는 생명과 풍요를 낳고 남해로 들어
아름답고 평온해진 강진만에 철새 떼가 앉는데
느낌을 보내면 철새 여행담 하나 들어 올 수 있겠지.

*탐진강- 전남 장흥, 강진 등을 지나 남해로 흘러드는 강.
전남 3대강(영산강, 섬진강, 탐진강) 중 하나.

82- 장미꽃 그대 　　　　　〈열정과 사명감〉

가슴속에 흑장미 피더라도
손끝은 고결하고 빨간 사랑의 장미
지적하는 곳곳이 감화되어 자라
꽃밭 가득 싱그러운 새싹 틔워라

사랑받아 행복해 하고 *추금의 숨결이 숨은 비췻빛 과꽃이
의젓하구나 먼 옛날의 과수원 길 떠올리는 정다운 추억이 오
르간 곡조에 실려 낭랑한 노래 소리와 함께 다가온다

하늘 향해 치솟고
크게 뛰어 질주하는 아이는 누구인가?
너 있기에 나 여기 있는
바로 사랑하는 아이 과꽃과 그리고 장미

신록의 계절 오월이 지어 놓은 푸른 꿈 전당을 바라보며 어린
이의 미래를 그려 본다 성실로 또록또록 뭉쳐진 아이 이십일
세기를 이끌 똑똑이

배움의 울타리 안에서
노래하고 뛰놀며 꽃피는 것이
어린 천사처럼 아름다워라
존경하는 그대는 장미!

보다 밝은 빛으로 우아하고 예쁘게
예리한 통찰력과 책임감 그리고 성실
뜨거운 열정으로 과꽃을 돌봐야 할 사명을 가진 자여!

아이들 노래가 들려 온다
올해도 과꽃이 피었습니다.

*추금- 과꽃의 전설에 나오는 여인. 무과에 급제한 잘 키운 아들과
함께 귀향해 아버지의 혼 과꽃을 가꾸며 잘살았다.

83- 완도에 살고 싶다 <완도 문화 역사>

다도해 풍광과 살고 싶어 완도에 왔다
청산도 보길도 고금도 신지도 명사십리 찾아
갯벌과 해조류 숲이 무성한 다도해 해안 보려고
웃으면서 왔노라 낙원 완도에

청정해역의 전복, 김, 낙지, 광어와 더불어
남녘의 따스한 기운 받아 *슬로시티 되었겠다
느림의 문화와 섬의 전통문화가 어우러진 곳
건강하고 편안하게 살아갈 수 있는 행복의 섬이다

아름다운 섬들이 화목하게 사는 나라
쉰다섯 유인도 삼 읍 구 면에 무인도가 이백 열
돛 달고 노 저어라 *엇어라 *다려라
고산의 어부사시사가 눈에 선하다

바다 제패한 *청해진 대사 장보고를 *염장 지르고
군사들을 내륙에 이주시켰다
사십 년 뒤 웃으며 돌아왔는데
빙그레 웃는 모양 완(莞) 자를 써서
완도라 했다는 충절의 섬 완도에 살고 싶다.

*슬로시티- 빠름 경쟁보다 여유롭게 전통, 문화, 자연 등의 가치를 유
지하면서 과거와 현대의 조화를 통한 '느리지만 멋진 삶'을 추구하는
마을을 위한 국제 운동.

*엇어라- 방향 전환 시에 노 바닥을 조금 세워 힘주어 몇 번 밀면 선
미가 밀어져 배는 좌방으로 향하게 된다.

*다려라- 위의 반대, 노를 당기면 배는 우방으로 움직임.

*청해진- 장보고(張保皐)의 청에 따라 지금의 전남 완도(莞島)에 설치
되었던 진(鎭).

*염장- 846년(신라 46대 문성왕8) 왕위 옹립으로 혼란스러울 때에 장보
고를 칼로 찔러 살해한 장수.-이런 비유로 못된 짓 하면 염장 지른다
고 함.

84- 너의 진정

〈사모思慕〉

언제나 날 위해 주는 착한 네가 좋아
좋아하면서 쌓아 가는 우리 사랑이라
너의 진정을 짐작하고 있기 때문에
내 가슴은 너를 이해하고 싶단다
네 얼굴에 그린 사랑의 미로를 풀고 싶으니까
믿음과 함께 피는 해맑은 미소가 답이겠지
얼굴 스친 상큼한 바람은 알고 있을 것이다

신실해서 좋은 그대 손 한번 잡아 보자
나의 정성이 얼마나 따뜻한가 알아보렴
손바닥의 온열은 심장에서 나오는 거
내 열망이 얼마나 뜨거운지를 알 것이다
서로 위하며 힘든 길 걸어온 우리 사랑
순정이 머문 설레는 마음이 진심일 거라
가슴속을 보고 온 다정한 느낌이 알려 주었다.

85- 보길도로 간다 <어부사시사 생각>

나는 *보길도를 바라보며 마음의 붓을 들어
모시옷 입고 시를 쓰는 *고산의 모습을 그렸다
'고깃배는 *지국총 물결은 어사와'
촤뤄뤄 촤뤄뤄 사르르
아! 세상사도 이같이 아름답고 안정되었으면

마음을 가다듬고 잠시 묵상에 잠기면서
*세연정 정자에서 소리하는 고산의 창을 듣는다
'장구는 매었나 막걸리 병은 실었느냐 미희야'
아라리 아라리 휘니아
아! 세상사도 이처럼 그립고 사랑스럽다면.

*보길도- 전남 완도 남서쪽 섬. 고산의 숨결이 서려 있는 곳임.
*고산 윤선도- 조선 중기의 시인, 문신, 작가, 음악가. 「어부사시사」, 「
오우가」와 같은 시가문학을 이룸.
*지국총- 예전에, 노를 젓고 닻줄을 올리는 소리를 이르던 말.
*세연정- 고산이 후학을 가르치다 오후에 무희들과 함께 술, 노래, 음
식을 즐긴 곳.

86- 생(生)의 무궁이겠다   〈국화 찬양〉

날마다 새로 피는 화사한 미소 보면
그대는 참으로 기품 있고 아름다워
느끼는 꽃잎보다도 속마음이 더 좋겠다

수많은 꽃망울을 피우고 다듬어서
단아한 모습들을 보이고 싶었기에
신비를 만들어 내듯 온갖 정성 다했다

비바람 불어와도 꿋꿋이 이겨 내고
지극히 정숙하고 순결한 자태 갖춰
연분홍 새 희망들을 고이고이 펼쳐라

세파에 젖은 옷이 휘늘어져 있어도
인고의 퍼런 흔적 온몸에 남았으니
그것은 다함이 없는 생의 무궁이겠다.

87- 미완의 경험 <후회와 반성>

하늘에 가득한 비층구름
잘난 체 으르렁댄다만 비는 내리지 않고
산야의 민초는 목말라 타고 있다
*청운 *고운을 덮으려는 높층구름이었던가?

안타깝기 그지없지만
머리를 식히고 양심으로 지난 일을 돌이켜 본다
장단의 세상살이는 먹구름이었다는 걸 알았고
그것은 단비와 희비, 성공과 좌절
거기엔 세상의 진실이 있었으니 미완의 경험이었다

지금에서 생각하면
잘한 거는 별로 없고
잘못한 게 너무 많이 떠올라
부끄러워 후회하고 반성할 뿐이다
작은 돕기라도 한다면 비를 내려 방면해 줄까?
못다 한 일 단 하나라도 이루고 싶다만 눈물겹고 안타깝다.

*청운- 입신 출세하려는 큰 희망.
*고운- 외따로 떠 있는 구름. 가난하거나 어진 선비.

88- 자유! 땅끝에 나다   〈땅끝에서 자유를〉

자유는
본성을 좇아 뜻한 바를 실현할 수 있는 데로 간다
이 세상 끝까지 가다 보면 나오겠지
얽매이지 않고 마음대로 자연과 함께 살아가는 곳
찔레 순이라도 꺾어 먹고 살 수 있다면 어디든 가겠다

지금
이기적 억지 이론 지겹고 보혁 논쟁 한심하다
오로지 아전인수, 기득 보호 그 자첸가 보다
참 별거 아닌 거, 얼마 후엔 부끄러운 이론 될 텐데
수구 세력 없는 자유로운 희망의 땅으로 가고 싶다

드디어 땅끝에 선다
섬 사이로 맘껏 날아 본다
보길도로 달려가며 내는 하얀 물살도 만져 본다
양식장에 가서 전복이 기는 모습도 보고
물결 춤추는 바다에서 오리 등 타고 놀다 수면에서 잠든다

막힘 없는 맑음의 공간에서
시원의 부름을 받은 자유
수평선 멀리서 솟아올라 세상에 희망의 빛을 밝힌다
해가 바다에서 떠서 바다로 지는 여기 해남 땅끝마을

서로 돕는 신실한 사람들이 사는 이곳에 당당히 섰다
자유는
양심, 진리, 정의, 미래와 함께 영원할 것이다.

89- 친구야 아프지 마시라! <인사말>

몇 날이 좀 지나면 정신 줄이 쉬 풀어져
목포항으로 간다는 것이
공원으로 가는 것은 그래도 괜찮은데
예사로 생각하며 우회전해 산 쪽으로 가면
이제 다된 듯도 싶지만 그래도 나를 좀 알아주는
삼학도 친구가 있으니 이 얼마나 다행인지!

영도의 친구는 알고 있다 내 마음을
나는 생각한다 꿈꾸는 유달산을
마음과 꿈이 어우러진 희망의 오류도
거기에는 *오류귀장의 대여섯 버드나무처럼
오락가락 갈매기가 하늘거리며 날고 있다.

소통으로 화합하자!
친구야! 아프지 마라 건강하고 행복하시라!

*오류귀장- 진나라 도연명이 「귀거래사」를 짓고 고향 장원으로 돌아
가는 그림의 화제(현령 재직 중 군(郡)의 장관이 절하라는 데 분개, 관직을 버
리고 귀향. 집 주위에 다섯 그루 버드나무가 있어 오류선생이라 자호).

90- 인구 대책 〈특단의 대책을〉

그 예전의
아기 울음소리가 그립습니다
아기 혼자 뉘어 놓고 일하러 갈 때는
조마조마한 맘을 가눌 수가 없었겠지만
아기가 잠자다 일어나 배고파 칭얼거려도
문 잡고 서서 창호지 때리며 울어대도 좋았으니
문구멍 뚫린 집은 되는 집안이고
안 뚫린 집은 망하는 집구석이었습니다

우리들의 아이가
자라고 있어야 흥하고
아이가 없으면 나라가 망합니다
인구 절벽을 피하려 하는 예산 지원은 기본
멀쩡한 싱글이 뽐내는 세상은 안 돼
자녀 수에 따라 후보-승진 가산점을
대기업 지방 이전 야구단처럼
대도시 복지 줄여 귀농 귀촌 지원으로 농어촌 살리기
서울대학 6지방 캠퍼스 기숙사 설립해 순환 수강 등
미래를 위한 획기적 인구 대책이 필요합니다.

91- 남안 진미 南岸珍味 　　　〈남안의 맛〉

살아도 가고 가도 사는 홍어는 참 기이하다
날로도 덜 말라도 그것은 언제나 존득한 감칠맛
단지에 담겨 가서 삭아 코 찌르는 고상한 풍미
삼겹살과 묵은지 함께 먹는 목포 삼합의 맛

볏짚 발은 물에 떠서 사각 틀을 안고 믿음을 만든다
반 움큼 갈색 이파리 사랑을 풀어 올리니 김이 난다
도시락 따라 소풍 가고 잔칫집 비빔밥엔 고명으로
파래와 섞은 김은 전복 함께 완도의 특산이로다

육지 사람 좋아하는 남안 맛의 진수는 생선회
오동도 바라보며 민어 회 한 점과 소주 한잔 할 때
돌산 갓김치와 남해 마늘 곁들이면 제일 가는 명품
흔히 말하는 산해진미 이 맛이 바로 풍미가 아니던가

서대는 겸손하고 낭태는 총명해 잔칫상에 초대된다
남안의 전통과 정성이 가미된 그 독특한 맛의 서대
생일상에 차려진 낭태 미역국은 수복을 담은 특미
탄생의 그 맛을 생각하면 생생한 입맛이 다셔진다

우리 맛의 은밀은 통영 멸치 다시
국에 탕에 국수에 비법을 더하는 것은 산뜻한 재미

이런 즐거운 맛이 고유의 우리 맛이다
그 어떤 맛과도 맞댈 수 없는 우리의 맛이구나

아귀는 장수를 키웠고 마산항의 힘으로 통한다
먹으면 힘세어진다는 얼큰 매콤 아귀찜
미나리 콩나물 미더덕 고춧가루 녹말풀 섞어 찐 별미
이 환상의 조합이 인심 좋은 남도의 맛이다

다갈색에 매끄럽고 꿈틀대는 곰장어
마늘 양파 양념으로 석쇠 구이 하면 군침 도는 향미
고향 친구 만나면 먼저 보일 지글 꼬들 그 맛
친구야! 이리 *온나 한잔하자!
이것이 부산의 인심이고 세계적 진미 곰장어 구이다.

*온나- 오너라의 방언

92- 이해하고 참으면 〈참으며 사는 삶〉

어쩌다 보면 웃는 일도 생기고 아픈 일도 나지요
문득 지난날이 머리에 떠오르면
고개 돌려 부끄러운 사연 외면하면서
마음의 상처는 덮어 두었는데
바람에 날아갔나 누가 훔쳐갔는가
연무와 함께 온 동네 돌아다닌다니
건드리지 말아 주세요
제발 좀 놔 두세요 도대체 누구겠습니까
내 집 마당 흙 묻혀 내는 사람이 말도 물어냅니다
살다 보면 좋은 날 오고 슬픈 날도 있듯이
좀 멀리 보면 다 이해하고 용서할 수 있어
내가 먼저 참으면 그분께서도 나를 알아주실 겁니다.

93- 바보 고래 〈믿음 가는 말씀을〉

어쩌다 좋을 때 하는
멋있다는 그 말씀을 믿어도 되나요
진정에서 나온 순수한 표현이라고
알아먹어야 하는데
오늘은 왠지 갓바다서 유영하는 볼락 떼의 아름다운 군무에
시선이 가네요 그럴까? 그래도 다디단 칭찬에 고래들은 바보
처럼 춤을 춥니다

날씬한 숭어가 뛰어올라 세상을 보고 와서
뭔가를 느꼈는지 평소와 달라진 모양이다
한 묶음 마음의 꽃다발을 묶으며
카페, 트위터, 페이스북에 SNS로 소통하려 한다

우리 사이 좋은 사이 믿을 수 있는 메이커라면
진정 신실한 믿음이라면 벌써 많이 들어왔을 것을
어떻게 할까 말까 아직 망설이고 있네
이런 걸 보면 멋있다는 말은 아마도 그게 아니런가?
바보 고래들에게
이제 그런 말씀은 좀 그만했으면 하는 생각이 든다.

94- 진도 울돌목 〈명량대첩과 진도〉

*울돌목 조류엔 거북선 위용이 반짝이고
세차게 흘러간 물목에는 충무공 호령이 들린다
울돌목 승전일 구월 십육 일은 *물살이 센 날
조선 수군은 열세 척 전함으로 일자진 치고
백 삼십여 척 무찌른 민족의 승전 *명량대첩이다

진도의 마을마다 충의(忠義) 기운 흐르고
충성 주인을 잘 섬기는 진돗개의 충직도 보인다
청천 하늘에 잔별도 많다는 진도 아리랑
여인의 애환을 노래했으니 구구절절 애달픈 하소다
아리 아리랑 쓰리 쓰리랑 아라리가 났네!

*울돌목- 해남군 문내면 학동리~진도군 군내면 녹진리 해협.
*물살이 센 날- 사리, 매월 음력 보름 및 그믐날과 그 전후. 조수 간
만 차가 크고 물살이 세다.
*명량- 전남 해남군 문내면 학동리 자연부락.

95- 신안의 비너스

〈신안의 자존〉

비상하는 도요새의 날개가 피운 *불갑산 연홍
그 속엔 위에서 아우르는 너그러움이 있고
꽃술이 향내 풍기듯 내면의 신비도 간직했다
깨끗하고 소박한 마음으로 바르게 살자는 마음까지

*너부시 고개 숙이잖고 조개 위에 당당한 비너스처럼
양식장에 솟구치는 희망은 바다에서 빛난다
비바람에 넘어지지 않는 의지와 튼튼한 몸으로
역경을 이겨내며 진취적으로 행하는 그 모습이 좋다

*스실사실, 염전에 물드는 소리는 아침을 여는 소리
그것은 범천에서 온 식신의 속삭임으로
맛의 요정이 좋아하는 *살락스의 노래
바다와 미래로 향한 신안의 시원이고 자존이겠다.

*불갑산- 신안군 임자도에 있는 산.
*너부시- 공손하게 고개를 숙이거나 엎드려 절하는 모양.
*스실사실- 표나지 않게 조금씩.
*살락스- 소금의 신.

96- 그 겸손한 여자 그대 <친구>

노랗게 물든 은행잎 추억은 '행당카페'를 생각한다
이 층 창밖에 우뚝 서 있었던 은행나무
그 노란 잎새가 달빛을 보고 싶어 했던 저녁에
하트 품은 카페라떼 놓고 은은한 커피 향을 맡는다
석양에 빛나는 눈동자를 바라보고는
두근거리는 가슴속의 설렘을 느끼며
아무 말없이 서로 미소만 지었었던 추억
내일엔 이 항구를 떠나야 하는데

은행잎 밟고 걷는 한적한 길에서 그 사람을 그린다
언제나 바른 태도에 온화한 마음씨
수줍은 듯 단아하였고 목이 긴 노란 스웨터가 어울렸지
푸른 꿈을 노래하고 시상을 나누면서 미래도 그렸다
내가 바라던 이상형은 바로 그대
사상은 현대에 뿌리박고 몸가짐은 과거로 돌아가는 겸손한
여자
아! 그대를 만나지 못하니 안타깝다
내년에 다시 오마 잘 있거라 목포항.

97- 바람 불면 돛 달아라 <남해안 시대>

바라는 큰 소망 이루라고 불어오는 *높새바람
태백산맥 넘어 나를 위해 여기 다도해까지 왔나 보다
*홈네트워킹 생각뿐인 내 머리를 시원하게 불어 준다

쾌속선을 타고 *장산도 옆을 지날 즈음
바람에 실려오는 그대 목소리가 반갑다
'세계 최고 기술임을 검증하고 귀사와 계약코자 합니다'
머릿속에 맴돌던 그 상상이 수평선에 펼쳐진다

배질하는 사공아 바람불면 돛 달아라
고기잡이 옛 추억이 바닷물에 출렁일 때
자율 운항 선박이 거센 파도를 일으키며 질주한다
이제, 부목(釜木) 남해안 시대
나는 사랑하는 고객 그대 만나러 목포로 간다.

*높새바람- 북동풍을 이르는 뱃사람들의 말.
*홈네트워킹- 가정 내 정보기기들의 네트워크 구축(외부에서 인트넷으
로 조작 가능케 한 환경 구축). 사물 인터넷.
*장산도- 전남 신안군에 있는 섬. 진도와 목포 사이에 있음.

98- 날아라 갈매기

<갈매기 노래>

갈맥아 날아라
황혼이 비칠 때 날개를 펼치고 날아 보아라
한쪽 다리를 뒤쪽으로 쭉 뻗어 애티튜드로
아름다운 포즈를 한번 보여 주면은
새우랑 사랑이랑 같이 온갖 심정 던져 줄 테니

불러라 노래를
*갈바람 불어대니 붉은 고기 올랐겠다
정열의 노래를 불러 큰 한판 일게 해 다오
우리 임이 가자미 한 그물 가득 싸고
은갈치도 만선해 오게 기도하는 노래를 불러라

쉬어라 편안히
갈매기 따라온 구름이 노점을 맴돌다가
참조기 위로하며 안아 주는 우정이 돋보인다
갈매기 노래 맞춰 시원함을 보태겠다니
이제 안심이다 마음 놓아도 되겠다 날아라 갈매기.

*갈바람- 서풍, 가을철에 부는 상쾌하고 선선한 바람.

99- 그리워라 목포   ⟨삼학도와 목포의 눈물⟩

유달산 해 돋을 때 해무에 가려진 *삼학도
세 학이 솟은 섬이라 애절한 영혼의 숨결이 인다
임 향한 그리움은 절개를 넘은 사랑이었는데
단 한 번의 무심한 화살로 영겁의 나락에 떨어지니
아! 통한의 화살이 원망스럽다
삼학도로 환생한 세 영혼
*마파람이라도 불어와 달래 주어라

사랑이 바람 따라 날아갈래도
그냥 보내 주어라 붙들지 말고
외로움을 참으며 살다 보면은
옛정이 그리워서 돌아올 테니
영산강 강바람아 데려와다오

영암 월출산에 달 뜨고 신안 흑산도는 붉어지는데
떠나가는 크루즈 바라보며 목포의 눈물 노래할 때
한 마리 학이라도 날아왔으면
해안로 거닐면서 꿈꾸어 본다.
사랑하는 유달산 노래하는 삼학도
바다가 있고 낭만이 있고 예술이 있는 곳
보고 싶은 임이여! 그리워라 목포여!

*삼학도- 옛날 유달산에 한 젊은 장수가 무술 연마 중, 늠름한 기개
에 반한 마을 세 처녀가 수시로 드나들어, 젊은 무사는 세 처녀를 불
러 "나 역시 그대들을 사랑하나, 공부에 방해가 되니 공부가 끝날 때
까지 이곳을 떠나 다른 섬에서 기다려 주오"하고 청했는데, 세 처녀
는 무사를 기다리며 식음을 전폐하다 죽어 세 마리 학으로 환생해
유달산 주위를 돌며 구슬피 울었다. 사실을 모르는 무사는 수련 중
세 마리 학을 쏘았으니 유달산 앞바다에 떨어져 죽었다. 그 후 학이
떨어진 자리에 세 섬이 솟으니 그 섬을 '삼학도'라 부르게 되었다.-출
처:목포문화관광.
*마파람- 뱃사람들의 은어로 남풍을 이르는 말.

100- 날로 새로워라 <대한민국>

하늘이 열리고 해가 돋으니
대지가 밝아 오도다.
천제는 비 구름 바람 거느리고
이 땅에 내려 세상을 다스렸다
백두산의 호랑이랑 태백산의 곰도
하느님을 반겼다.
쑥 마늘 먹고 백날을 참은
곰은 인간 웅녀로 다시 태어난 것이다

천제는 백성을 다스리고
웅녀를 사랑하니 이 땅에 단군왕검 오셨다
널리 인간을 유익하게 하사
*억조창생(億兆蒼生) 살아갈 민족의 터 닦았다
정의감이 강하고
깨끗함을 추구하는 부지런한 민족이었다
다정한 이웃이 고을 만들어
여러 고을 뭉쳐서 민족 국가 이뤘으니
시월 초사흘 하늘이 열린 날 건국일이고
반만년 역사를 가진 문화 민족이다
장백산맥 소나무 더욱 푸르고
태백 준령 화강암 우뚝 솟아서
강인하고 진취적인 민족정기 받았다

외세의 침략에 굴하지 않고
용기와 슬기로 민족혼을 이어서 독립 지켰도다

압록강은 유유히 서해로
굽이굽이 낙동강은 남으로 흐르니
기름진 이 땅에 오곡백과 무르익구나
*기호 지방(畿湖地方) 벼농사는 연년이 풍년이라
강원도 산악에 임산 자원 넉넉하고
호남 지방에는 농수산물 많이 나며
영남 땅엔 밭작물 풍성하여 *격양가 드높다
삼면 바다에 대양으로 고기잡이 나간다
동해에 해 뜨면 독도에 아침 오고
만경창파 남서해엔 고등어 조기 풍어라
만선기 높이 올려 뱃노래 소리 높아
풍어제 징소리가 천지를 진동한다

광개토대왕 영토를 넓히고
세종대왕은 한글을 창제하셨다
성군은 백성을 위하사
백성은 삼강오륜을 도덕의 근본으로 하였다
을지문덕 살수 대첩
연개소문 당 대군 물리치니

강감찬은 거란 침략 막아 내었고
이순신 장군은 거북선을 만들어
풍전등화 같은 이 나라를 지켰다
일연의 삼국유사 민족의 역사이고
조선왕조실록은 세계적 기록 유산이다
이황 도산서원으로 인재 양성하였으며
장영실의 자격루, 정약용의 실학
첨성대 세계 최초요 인쇄술은 세계 제일 앞섰고
신 사임당의 자녀 교육은 만인의 귀감이라
반만년의 민족 역사 더욱 빛난다

단옷날에 그네 뛰고
유월 유두 머리 감아
칠월 칠석 임 보러 갔었다
팔월이라 보름달 달이 밝을 때
조상님께 감사하는 문화 민족이었다
김치 간장 담그고
된장찌개 만들어
청자 백자 담아서 쌀밥 함께 먹었다
들판에 풍년 드니 막걸리 나누고
두레와 향약(鄕約)으로 상부상조하였으며
서로 돕고 예의 바른

어진 백성 살았으니
무궁화 삼천리에 태평 성세 이루었다
외세가 시기해 침노하나
온 민족 힘 모아 금수강산 지켰다.
안중근 의사 민족 기개 떨치고
유관순 열사 정의를 부르짖어
민족정신을 세계만방에 떨쳤다
자유가 아니면 죽음을 달라
삼천만 하나 되어 대한민국 다시 일어났다

뒤돌아보고 앞을 보니
보람이고 희망이로다
외세를 몰아내고 단합하여 독립 지켰다
첨단 과학 기술로 세계 최고 제품 만들자
사랑 행복 넘치는 자유 민주 국가 이루자
태양은 영원하고 민족은 무궁하니
홍익인간 빛나도다
세계로 미래로 뛰어라
모두가 사랑하며 날로 새로워라.

*억조창생(億兆蒼生)- 수많은 백성.

*기호지방(畿湖地方)- 경기도, 황해 남부, 충남 북부 지방.

*격양가(擊壤歌)- 풍년이 들어 농부가 태평한 세월을 즐기는 노래. 땅을 두드리며 부르는 노래라는 뜻, 중국 당요(唐堯) 때 지어짐.

로마의 서민 세력 이야기가

1951년 소설, 1960년 영화, 2009년 드라마로 제작되어 2012
년 상반기에 한국 케이블 TV에서 방영되었던 '스파르타쿠스'
는 복잡한 인간관계와 계급 갈등에 의한 인간의 자유, 명예,
권력, 사랑의 내면을 보여 주었던 것이다.

이 이야기 주인공 트라키아의 전사는 로마 장군의 책략에 속
아 부족 몰살을 당하고 노예로 전락되어 로마 사람들이 열광
하는 콜로세움에 검투사의 사냥감으로 던져졌으나 칼 하나
로 네 명의 검투사와의 혈투에서 승리하여 스파르타쿠스라
는 이름으로 부활한 뒤에 약속, 대결, 패배, 훈련, 승리, 음모,
복수로 점철된 그의 청춘은 로마 지배 계층의 탐욕에 휘말리
며 결국은 로마에 반기를 든 계급투쟁의 영웅이 되었었는데
이는 로마 지배 세력에 대항한 서민 세력의 항쟁이었던 것이
다. 이런 항쟁의 역사는 동서고금을 막론하고 독립운동, 민주
화 운동, 노동 운동 등에서 많이 찾아 볼 수 있다.

이 땅에 존재한 지배 세력과 서민 세력은 보수와 진보로 발전

되어 문명이 발달함에 따라 다방면에서 두각을 나타내고 이끌어가는 세력은 보수 세력이고 이 보수 세력과 함께 살아가면서 고통과 불만 표출로 개혁을 주장하는 세력이 진보 세력이다.

이 보수 세력은 새로운 것을 반대하고 재래의 풍습이나 전통을 중히 여기어 유지하려고 하는 세력으로서 주로 부자, 고위직, 좋은 직업인, 좋은 직업인의 부모 등이다. 여기에 반한 진보 세력은 역사의 진보에 대한 신념으로 사회적 변혁을 추구하며 인류의 정신, 문명, 역사 등이 시간을 따라서 더욱 완전한 상태로 발전한다고 여기는 합리주의적 신념을 가진 세력이다.

보수 세력은 기득권을 유지하려 온갖 술수를 행하고 진보 세력이 개혁으로 부와 권력 평준화를 위해 단합할 때 두 세력 간의 대립으로 사회 혼란이 초래되고 있는 것이다.

이들 보수 세력 및 진보 세력 가운데에는 제3의 세력이 존재하는데 이것이 양심 세력과 이기 세력이다. 이기 세력은 자신의 이익만을 꾀하는 세력으로 사회악이 될 수 있으나 양심 세력은 옳고 그름을 구별하는 도덕심을 갖고 행하는 세력이다. 양심 세력은 불의를 보면 참지 못하는 정의파다. 멸사봉공의 자세로 국난 극복을 위해 자기를 희생하여 이 나라 독립을 지켜온 중심 세력이 양심 세력이다.

필자는 양심 세력이다. 보수와 진보가 아우러진 온고지신 정신을 바탕으로 민족 문화는 창조적으로 계승 발전되어야 하며 국가 번영은 양심 세력이 주도하여 자손만대에 이어져야 할 것이다.

이 책 주제 '칸타빌레'는 이 시대의 양심 세력으로서 모두 같이 더불어 노래하듯이 살아가는 보람된 삶을 추구하기 위해 자연 친화적 바다 정서를 느끼고 관심을 가질 수 있도록 돕는다는 생각을 주안점으로 하여 설정되었다.

해안 지방 사람들의 일상인 협동과 개척은 물론 물때, 해산물, 어로, 선박 등의 친해양적 공간에서 풍류와 양심을 알고 미래 사회 백세 시대를 열어가기 위해서는 건화정의를 구현하는 노블레스 오블리주 정신에 투철한 사람이 많아져서 노래하는 듯한 아름다운 삶과 함께 모두 손잡고 살아가는 그런 세상 유토피아를 그려 보는 것이다.

읽어 주셔서 감사합니다

봄 오는 소리를 듣고 싶거든 나무 한 그루 심어 보면 된다 〈5〉

아름다운 사람들과 함께 '부목 칸타빌레' 시를 읽고 〈65〉

청출어람의 참뜻을 안 그대 그리고 우리 〈59〉

약자들이 만든 굴종을 벗어버린 의미 있는 반항과 승리는 〈7〉

골수에 사무친 경험적 의식을 넘어 〈16〉

아리랑을 꿈꾸며 곱게 피운 청춘의 숨결과 함께한 〈1〉

그 설레던 첫 느낌 첫사랑 때문일 것입니다 〈32〉

고맙습니다.